U0137041

嵐朵朵

故事的結束是回憶的開始

然而，死去的人已經死去了，
活著的人還要活著，而且要活得更好，
沉迷於悲傷，並不會改變已經發生的事實，
帶著對已逝者的愛更好地活著，
才是真正的勇氣和能力。（《挪威的森林》·村上春樹）

—— 林星妍 著

序文

　　2021年（歲次辛丑）你離開塵世，在政府所謂「超前部屬」三級防疫下，因為發燒被擋在醫院外，一個教學級的醫院，竟然沒有發燒患者的緊急治療場所，快篩、PCR都比正常時間更久才能知道結果，到院至PCR結果出來竟超過二十小時，有多少個急症患者可以靜待如此拖延？運氣不好或命中注定？發燒送醫又是假日，三十小時終於等到醫生開刀，簡單的膽結石引發敗血症，不到四天，我們天人永隔，沒能道別，再會無期。

　　你我常談論生死輪迴，你問過我：「下輩子還要不要在一起？」我回說：「不要！」反問你，你和我的答案一樣，今生好好攜手同行，讓此生無悔無憾；來生是另一場戲，另一場相逢，喝了孟婆湯的我倆還能認得彼此？生生世世即是生生死死，是自身的無數次輪迴？抑或是子孫的代代延續？人世一遭和有緣有業的人相遇相聚，情緣錢債該還就還，兩不相欠，修個來生不相見。

　　生命就是一場場的迎接與送別，在自己的哭聲中開始，在他人的哭聲中結束；一喜一悲，一生一死。在死亡面前眾生平等，沒有男女、老少、貧富、貴賤，任誰都會

面對它的到來，你走的突然，那是上天的意思，我能接受，最難過與遺憾的是你孤單的面對人生最後一段路，我沒能陪在你身邊，擁抱你、與你道別。

直面你的離世，有傷痛、有不捨，從你入院後的焦慮、擔憂，到你停止呼吸、沒了心跳，我冷靜地接受事實，處理你的後事，告別式後你羽化飛仙、肉體成塵，才真確地感受你永遠不在了。我難過與哀傷，往事浮現腦海引動思念時我放聲痛哭，哭得涕淚滿臉，我寫下我的各種情緒感受，梳理與療癒面對你我的生死離別。

寫這本書，一者紀錄下你離去後我的心境，再者我們的孩子都尚未婚嫁，未來家庭新成員沒有機會和你相處，我想讓他們認識你——自由自在、真實率性的人，知道你的聰明多才，你從五歲開始學鋼琴，中斷過兩三次，大學以後的你聽錄音帶、光碟自學；你喜歡橋牌，大學開始學橋牌，參加學校橋藝社，工作後回學校橋藝社當教練，你最自我感覺良好的就是在人民大會堂參加橋牌賽。

我倆1980年初識，1984交往，2021你離世，你六十三歲的人生約三分之二與我共度，相知、相伴，蒙你關愛照顧，你的一世情，我的半生緣，不負遇見與相伴。孩子們和你互動不多，他們心裡是很佩服你的，感謝你為我們的付出與規劃，我們知道天上的你一樣瀟灑自在，未來你的愛仍繼續相伴我們前行。

C O N T E N T S

第一部

離 別 曲

攝影：林星妍

01
和嵐朵道別

「我已婚，三個小孩，我單身」，嵐朵，這是你最得意的自我介紹詞，意思是你很自由，婚姻裡仍任意隨性，你這輩子活得很做自己。你還喜歡講「我這輩子只有一個工作一聯電，只有一個老婆一豆豆」，確實是。

緣份不一定是直線，大學兩系頭城露營，我們同一組，你雙手交叉胸前，遠遠站在斜坡，看著大家在沙灘嬉戲，好奇會殺死一隻貓，我走過去和你聊天；沙灘營火晚會，同組圍坐，你我比鄰，繼續聊，聊到夜黑風高，好冷哪！聽說讓不理女生的你聊這麼久，我是第一個，書信往來了一小段時間。

民國71年，我們系和電信系在新竹聯誼，遇見了你的摯友，他問我我要不要和你見面，蒙你招待，起了因緣，你畢業時寄了張畢業卡，民國72年我畢業，你回寄了，畢業卡連起的緣份，那個寫信的年代，我兩對話不言不及義，不風花雪月，聊人生觀、價值觀、家庭觀，有共通的想法，更聊情侶、夫妻間的相處模式，數學不好的我，用了幾何的交集，畫了三張圖：不相交的兩個圓、同

心圓、四分之一交集的兩個圓，交集處畫斜線，問你選哪個？

　　你選了四分之一交集的那個圖，伴侶相處得有交集但不需要太黏；看法相同，或許是我們互相適合的原因；我們個性迥異、興趣不同，尊重各自的興趣，結婚後仍保有自己。你比我好命，有小孩了，你還是自由自在，橋牌、高爾夫球、喝酒、抽菸，悠閒做派，按自己的意思生活；家事、小孩大多是我，只要求你每年必需和我們一次一起旅遊。

　　我爸媽對你很好，尤其我媽，丈母娘看女婿越看越有趣，你和我媽很親，我家的酒幾乎是你喝光的；你對我家人很好，你不是嘴巴甜的人，但心地善良。你用你的方式照顧我們，不溫柔體貼，但真心關懷。你話很少，被我這話多的人調教二三十年，話也變很多，你最喜歡對別人說「豆豆話多，只要有人可以講話就快樂，啥都忘了」，話多不冷場要有本事！

　　你一輩子瀟灑做自己，形象鮮明，到人生最後都是，治療過程意識清醒，完全自主決定，尊嚴走完人生路，寬慰你沒太多折磨，更感謝你貼心不麻煩我們，你這生的功課已了，感謝照顧，謝謝相遇，不負遇見。

　　今天是父親節，幫你過父親節，除了家人，還有親友，你肯定很高興。謝謝所有親友，感恩美好的緣份。

02
和爸爸道別

嘿，老爸，我們想你應該不喜歡制式化的感恩文，太無聊了，你應該不想聽，所以我們決定自己寫一段話跟你做最後的告別。

我們知道你喜歡橋牌、鋼琴、高爾夫，而且菸酒不離身，這些東西形成你個人強烈的風格，很多人聽到你會彈鋼琴，都不可置信，畢竟應該也只有你會戴著墨鏡、抽著菸斗彈鋼琴吧。

雖然你的興趣我們沒一個孩子會，但在我們心中，也像大家一樣覺得你很酷、很佩服你能對這些興趣保有幾十年的熱情。

你老是很自信地訴說著你過往各種得意的事蹟，讓我們忍不住常常翻你白眼，但我們知道你真的很厲害，希望我們也能成為你的驕傲。

謝謝老爸生養教育我們；謝謝老爸讓我們生活無虞、帶我們遊山玩水、讓我們可以做我們想做的事；謝謝老爸平常看似漠不關心，其實都把我們的事情放在心上。

每次有朋友來家裡吃飯喝酒，你總是自己想睡了就

回房睡覺，把客人留給我們招待。我們想，這次也是一如往常，你累了、要休息了，所以先離開大家都在的地方了。

　　老爸，希望你能去很好的地方，如你平常的恣意妄為，從此逍遙自在、無病無痛。

03
告別式的曲子

　　那年BMW代理商唐德離世，舉辦名爲《最後的探戈》的追思會，讓我興起問你：「以後你的告別式主題就稱作『最後的蕭邦』？」你不置可否，回了我：「我想想。」一段時日之後，你說將來告別式要播放你自己彈奏的曲子，你選擇了四首曲子，曲子時間長度剛好，會認眞練習然後到錄音室錄成CD，到時候播放；你曾經頻繁練習，到過錄音室一次，錄音結果不滿意，決定繼續練習，眾多事情分心，未曾再進錄音室，以爲時間多得很。

　　四首曲子分別是：夢中的婚禮、星空下的鋼琴手、蕭邦離別曲、蕭邦送葬曲。爲什麼這麼選擇？婚禮是家庭的開始，意味孕育生命的代代延續，所以第一首是夢中的婚禮；第二首星空下的鋼琴手，應該是指涉你自己，鋼琴是你的最愛，廣闊星空下無拘無束自在彈奏鋼琴如詩般浪漫，陶醉在星空下自己的琴聲裡，琴我合一；蕭邦是你的最愛，時常彈奏蕭邦的曲子，生命的時間持續往前，終會來到分別的時刻，離別曲聲響起；生命的盡頭，親友參加告別式送你最後一程，移柩羽化，將塵歸塵、土歸土，回

歸大地，在蕭邦的莊嚴的送葬曲中告別。

這幾年送走了許多親人長輩朋友，工業化科技時代，習俗也跟著改變，土葬少、火化多，骨灰留存納骨塔供子孫憑弔，這些年更推行環保的植葬、海葬，法鼓山聖嚴法師示現了植葬，我倆也討論了，今年三月底，新竹市的植葬區——詠生樹園區恰巧完成啟用，和你再次確認，你回答要植葬。怎想得到七月二十一日你就離開塵世，新冠病毒防疫三級期間，陪病探望限制嚴格，你進加護病房前短暫視訊通話，最後時刻我們無法告別，那是難以言喻的痛，能安慰的是之前對身後事已多所討論，依我對你的了解處理服喪方式與你的告別式。

生死大事，人們喜說生、畏談死，你和我常談論死亡，特別是身後事，既生既死，人生道路：起點——生、終點——死，單向道往終點前行，沒有回頭路，每個人路程遠近不一，時間點罷了！身後事重要嗎？當然重要，尊重亡者，安慰生者。亡者的想法如何？未曾言及，親屬只能猜測，若是早先曾討論過，活著的家屬依其意願處理，兩下相安，喪禮的守喪與告別式，不僅僅是儀式的過程，是亡者、生者關係的處理與療癒，一個好的喪禮絕對讓家屬的心靈得到安慰，留在心裡的是美好告別與記憶。

04
靈堂日記：回憶點點滴滴

　　七月二十一日清晨6：50分你和塵世道別，我想帶你回家，醫院回答在醫院往生，遺體不可以離開，先送至安息室，相關流程走完才可以移動。你弟弟夫妻很快來到，接著你四叔、我妹妹和她女兒也來了。依佛教儀式助唸八小時。安息室只可停留八小時，這期間得決定禮儀公司，處理服喪及告別式，如何選擇的問題，隨順因緣，看了和醫院配合的禮儀社的會館實境，有團體、獨立靈堂；三級防疫群聚規定嚴格，告別式會場無需大，小小的安靜空間足矣，最重要的點：獨立靈堂，我們可以在最後幾天好好陪嵐朵，方便親友故舊來和他告別，就將靈堂設在苂鶴會館502室。

　　回到馬偕醫院安息室，大弟和他的兩個孩子也來了，最後能看著你的時間，據說人的聽覺是最後消失的，輕輕靠近你的耳邊說：「謝謝照顧，我們會很好，請勿罣礙。」八小時到了，遺體要放進冰櫃，禮儀公司說遺體放在馬偕是慢慢冷凍，不像殯儀館冰櫃急速冷凍，且是「個人房」，這樣比較好，「嵐朵要進冰櫃休息了」，禮儀公

司人員要我們這麼對你說。

16：00設好靈堂，師父誦經招魂來此，儀式甫結束，你的幾位大學同學就到了，感動不已。他們急著想了解怎麼一個膽囊炎可以讓你跟我們永別；防疫三級、醫院標準的SOP，發燒必需快篩、PCR結果陰性才能住院、開刀，你的膽結石太大顆，直徑有2.5公分，發炎化膿折騰三十小時後才進手術房處理，出現敗血症，狀況急轉直下，七月二十一日清晨你下課了。

一切都是最好的安排，溫馨如客廳的靈堂，防疫時期較長的停靈時間，親友故舊選擇適合的時間、分流來和你道別。嵐朵你真是貼心，你最喜歡說「豆豆喜歡說話，只要可以聊天，她就什麼都忘了」，是擔心我難過、流淚不止嗎？那你真的讓我講好多話，嘰嘰咕咕講個沒完，喉嚨有點痛呢！大家一起聊天，說著和你的因緣故事。

同學、校友、合唱團、同事、校友會、橋友、球友、親戚朋友來到靈堂，回憶各自印象中的你，一起做嵐朵人物側寫，家人、親友、故舊眼中不同視角的你，瀟灑自在、風格獨特鮮明，大家對你的評語很一致，就是我不大一樣，「美國總統在他太太眼裡，不過是個臭襪子亂丟的男人」。我眼裡的你也是！前來的親友、同事用他們和你相處的方式和你告別，擺撲克牌、足球卡、一桿進洞的紀念品、交大幫新制服、各種酒類，靈堂和你喝杯冰涼啤酒，或誦經迴向，沒有禁忌、歡喜自在。

頭幾天來的親友，訝異著開膽結石怎麼就走了？重複說著送醫後的情況，不免止不住淚水，傷心、流淚是正

常，請原諒我的失禮，請別擔心，我會好的，「人的眼睛長在前面，當然要往前看」（他最愛的電視劇「知否知否，應是綠肥紅瘦」裡的對白，正重播，每晚打開電視讓他繼續追劇）。

他愛喝酒，和同學爬山，同學背包揹食物，他揹的是啤酒，裝在保溫瓶，冰涼不變。打高爾夫球也是帶著裝啤酒的保溫瓶；開車不喝酒，酒駕罰款六萬六哪！你總是找校友、同事、朋友載你，打球怎可不喝酒！我說你這樣太麻煩人，你一貫直率回我，可否搭便車直接回覆，不行我再找可以的人，有幾個打球載嵐朵的朋友，感恩能讓我們親自道謝；交大人最愛講：「同學就是被兩肋插刀的」，向心力很強的學校，你認同母校，民國100年退休後常去校友會哈啦，拗了些校服棉T，這些年穿著有學校Logo的棉T行走江湖。

嵐朵，你說我是你最重要的人，可是為了橋牌、高爾夫球等的，一臉歉意的改變和我約好的事情，我不免抱怨：「我很重要，為了橋牌、打球等的……我順位一路往後」，那天友聲隊友這麼說：「橋牌、高爾夫...都不是人，學嫂你才是最重要的『人』。」，好像喔？

嵐朵喜歡佛學、聽經聞法，親戚、朋友、同學不少人修習佛法，有為他誦地藏經四十九天迴向，有直接來靈堂讀誦，同學夫妻為他設長生牌位、送來達賴喇嘛加持的摩尼丸，護持他往生善處，另一個同學在寺院幫他報名超薦法會，他弟弟為他報名寺院七月的梁皇寶懺法會，這麼多親友的心意，我們衷心感激，謹此代替嵐朵謝謝各位。

　　友聲隊、合唱團、老長官、舊部屬、同學、同事、
橋友，或送花、或親自靈堂上香、或line、email、臉書致
意，聯電幾位舊部屬這麼說：「他是我第一個老闆」，
「他是我永遠的老闆」，這話令做爲家屬的我們一股暖意
上心頭。他戴墨鏡又表情嚴肅，曾經有個不認識他的新同
事，對他的印象是「蛤！聯電這樣的科技公司有圍事
的」，遇到他就閃，某個機緣方明白原來他不是圍事的。
嵐朵常調侃自己，「我的黑道形象可是警察認證過的」。

　　交大友聲球隊、聯電西帥隊，有他許多的身影，球
技應該是普普，沒打球偶爾他會去吃飯，他喜歡和朋友哈
啦，愛熱鬧吧！剛認識他的人不知道他會彈鋼琴，印象中
他就是個痞子，球場有鋼琴，他忍不住會去彈琴，球友發
現是他，很難將他和彈鋼琴連結，一臉驚訝！友聲隊學妹
很窩心，友聲隊有兩場球賽，負責的學妹特意幫他借了鋼
琴，讓他盡情用他的方式詮釋樂曲。

　　嵐朵做過三次菜，第一次頭城聯誼，煮燒酒雞（食
材一鍋煮不會失敗），我以爲他很會做菜，被騙了；第二
次婚後幾年炒蝦子，讓他同學夫婦鬥嘴，炒蝦子食材新鮮
顏色轉紅就美味，哪需要高超廚藝；第三次幾年前煮水
餃，一碗水十個水餃怎麼煮？他很堅持，結果可想而知。
他其實不會做菜，前兩次是矇到的。靈堂裡和交大友聲隊
學妹聊這事，學妹說嵐朵是故意的，不會就不用做，蛤！
恍然大悟，原來我被騙了。

　　在靈堂摺蓮花、元寶，蠻好的，家屬對往生者的心
意，有親友故舊來上香致意，聊聊往事，沒有人的時候，

摺蓮花、元寶轉移心思，也不會一直滑手機，難得家人聚在一起，很不錯的互動，幾次告別至親，傳統喪禮有不少儀式或跪或拜，我總說這是我們能為離去親人做的最後一件事。和孩子們邊摺蓮花、元寶，笑說嵐朵真是好命，歷次親人往生都沒動手摺過蓮花、元寶，我們努力摺蓮花、元寶給他。

不同的人不同時間來到靈堂，我的同學來致意，大學同學和他相熟，就像往常聊天般話家常，他在旁邊聽，這些日子，常說我們怎麼講他，他都沒辦法回嘴了。高中同學他雖知道卻陌生，來上香、想著我好不好，勸我：「這事肯定哀慟不已，請把哀傷化整為零、用分期付款的概念來處理『憂傷』，思念是永遠的。我們都正向，時間會讓我們忘掉不愉快的事，留下來的都是美好的回憶。」近三星期的守喪，親朋故舊來靈堂，聽我一次次說故事，釋放了哀傷的情緒，眼淚漸漸地少了，是否就是「分期付款」處理哀傷？

遠地親友同學，陸續來和嵐朵告別，他住台南的研究所同學早不開長途車，為他特意上來，衷心地感謝；遷居彰化的老朋友知道消息，隔天一早帶了女兒、小兒子（女兒的國小同學）來上香、關心我要我安心、放下，明明她自己身體不好啊！她說：「一首優美的樂章不必太長。」嵐朵媽媽娘家表親不同時間搭高鐵來，為和他的情份來去匆匆。大學同學陸續來告別，明年的四十年同學會，他將缺席了，他非常期待啊！

我娘家是傳統大家庭，堂兄弟姊妹很親，一起吃大

鍋飯長大，嵐朵喜歡這樣的家族氛圍，我娘家的活動幾乎都參加，四月，我們堂兄弟姊妹攜伴花東旅遊，歡樂同遊，他們前來致意，覺得太突然，計畫的秋末聚會他將缺席了。最後幾天，天氣不好，還是有朋友來和他告別，人相對前些時少些，聊的時間多。這兩三年加入陽明交大教職員合唱團，他唱歌唱得很投入、很快樂，合唱團團員專程送來五月一日在學校演藝廳表演的DVD，謝謝讓他擁有歡唱時光。

　　謝謝所有和嵐朵相遇的親友，在他人生旅程的最後一段相陪、安慰著我們，讓我們有著暖暖情誼繼續前行，感恩。

05
六十歲生日變奏曲

　　六十歲生日應該是什麼樣子？古時候人的平均壽命不過四、五十歲，活到六十歲不容易，能活過一甲子慶賀過六十大壽；二十一世紀人的平均壽命來到八十歲，多數人還是遵循舊習慣，特別的過個六十歲生日，高高興興全家團聚，找個很棒的餐廳吃飯或家庭旅遊，選個有紀念性的禮物，我喜歡過中國人的歲數，女兒：「媽媽幫你過兩次六十歲生日，一次虛歲、一次足歲」，深得我心。

　　去年虛歲六十、今年足歲六十，意外總是來敲門，新冠疫情五月中轉嚴峻成三級防疫，七月十二日中央微解封，地方「逆時中」，餐廳仍不開放內用，請谷歌大神幫忙，搜尋名店美食，自行外帶，再訂個喜歡的蛋糕，在家群聚。提前兩天網上預訂金色三麥八道菜，比不上餐廳內用餐，食物涼了就缺了個味兒；將每道食物有模有樣地擺盤，營造餐廳用餐的氛圍，搭配啤酒、可樂，乾杯！祝自己生日快樂，一甲子的歲月，期待來日歲月靜好，悠閒自在。

　　意外不會只敲一次門，孩子出門去拿預訂的餐點、

蛋糕，這時候你在電腦室喚我，臉上冒汗、手不停顫抖，唇色發紫，要扶你你不願意，你擔心血糖飆高，幫你拿了血糖計量血糖，手晃動顫抖，怎麼量？明顯感覺統合不協調，手不聽使喚，位置對不上，努力了數次，終於針頭戳到手指，但沒血滴出來，戳了幾次勉強測量，指數169，飯前血糖算高了，幾許掙扎你終於站起來，狀況不妙，你要陪我過生日，忍耐著到客廳沙發上躺著休息，等孩子們回來。

　　13：30左右，孩子帶了餐點、蛋糕回來，趕緊將食物美美盛盤拍照，在這個特別的日子，你的身體狀況很差，沒什麼食欲，你又回客廳沙發躺著，我們收拾餐桌，整理剩下的食物，待晚上繼續吃。女兒洗碗，兩個兒子下去倒垃圾，等待15：30吃Haagen Dazs冰淇淋蛋糕。意外再次敲門，你無力站起來，兩個兒子過去扶你過來餐廳，面子使然，你堅持自己走過來，決定將蛋糕拿去客廳，你拒絕了；你根本站不起來，想扶你站著，毫無辦法，我們不敢放手，唯恐你往前倒，要你往後靠著沙發，你堅持不肯，終於緩步來到餐廳，一個踉蹌撞到餐桌跌倒在地，神智不清，兩個兒子趕緊上前將你扶起，女兒把蛋糕放進冰箱，唱生日快樂歌、吃蛋糕按下停止鍵，家人過生日總是你彈奏生日快樂歌，這次你沒能為我彈奏。

　　女兒說叫救護車，我決定自行開車到醫院快些，兩個兒子送你去馬偕醫院掛急診，我和女兒在家準備東西；新冠疫情三級防疫醫院限制多，你有發燒現象，三人被要求在院外隔離區等待，過了些時間轉到急診室，問題來

了，防疫期間只能一人陪病，老大在台中工作先排除，女兒雖在新竹上班，照料上也不那麼方便，就是老二和我了，攙扶你，以我的身高體力有難度，萬一跌倒，麻煩就大了，只能由老二陪病照顧。

防疫需要，你父子倆快篩兼做PCR，護理師做疫調，聽到老二去過桃園，護理師頓時臉垮了，你被推到急救室和其他病人隔離，兩個兒子先在外頭等待。你發高燒，量測心電圖，先領退燒藥服食，心律不整、冒冷汗、抽血、安排照X光，醫生開了降心律的藥，孩子們和我就在Line群組聯繫，女兒以為報告出來爸爸就可回家，你的情況比想像嚴重，心跳在120~170之間上上下下，告知要驗尿，發炎指數很高，找不到病源。

老大先留在醫院，老二回家來拿衣物、浴巾、毛巾、紙巾，老二吃飯後，幫老大帶食物和你需要的物品再去醫院，換老大回家。狀況難以判斷，需做電腦斷層掃描，高燒三十九度，服藥體溫也降不了，你對摔倒後的狀況毫無記憶，可能是高燒失去意識。老二回覆說，好像是膽囊發炎引起的高燒不退，想起來了，你有膽結石，工作時例行健檢掃描有膽結石，約1.2公分大小。假日只有急診，看診等待時間比平日更久，住院開刀機率很高，不同項目檢查抽了三次血。辦理住院手續，PCR結果沒出來之前先入住緩衝病房（房號4005），時間已是晚上10：40。

整理垃圾拿到社區垃圾場，順便散散步，手機響起電話聲，三堂姐打來的，問我你的情況，有點吃驚，堂姊

怎會知道？原來你在服了鎮靜劑、退燒藥後，人稍稍舒服的情況，用手機在臉書發文（今天老婆六十大壽，我在家暈倒，急診住院，這債難還了……）說自己昏倒送醫住院，還上傳照片；這是搞哪齣啊？Line群組發問，老二回說是老爸要他拍的，你也把照片傳到Line群組，看到照片，很傻眼（照片上傳臉書不該是美照嗎？最好還有濾鏡效果），老二要我們當沒看見，都病成這樣了！

　　PCR結果出來前，你父子倆不能離開病房，送東西只能由護理師轉交，深夜PCR結果陰性，護理師覺得「溫馨」，是安心吧！老二說老爸會一陣子顫抖一下，中午看過你手顫抖的很誇張，拿不住東西。辛苦老二得一個人照顧老爸，請他問護理師，「如果換個家人陪病該如何」，我應該和老二輪流照顧你，得提前兩天告知醫院，自費快篩和PCR，兩者皆陰性，PCR陽性就隔離，兩難中猶豫著。你希望是我陪伴你，老二告訴你，現實有困難。

　　住院等隔天醫生看診，發炎高燒你無法入睡，神智不清，有些行動無法自理，老二必須幫你忙，持續出汗，半夜老二打電話給老大，老大手機靜音，改打給女兒，請她回家拿乾淨衣服讓爸爸換，避免身體汗濕不好，老二幾乎一夜沒睡，女兒手機陪哥哥聊天。老二問：「蛋糕切了沒？」當然沒有，他要我們明天切一切，「爸爸看起來沒辦法很快離開醫院」。六十歲生日沒唱生日快樂歌、沒切蛋糕、沒有許願。

　　七月十八日清晨，老二說：「感覺爸爸狀況好些。」等醫生看診判斷是否開刀，所有訊息只能靠老二在

Line群組留言，幾個人不停地在群組問答，再次驗血決定是否開刀，一兩小時過去還沒看到醫生，疫情期間醫護人力吃緊，假日多數醫生休假。你的發燒暫時退了，能做的就是等待。中午確定得開刀，時間？不知道。微創手術切除膽囊一般三、四天可出院，狀況不好，傷口開得大些可能要一周，陪病只能一人，請老二問醫院請看護的事情，好有個替換、能休息。

　　你的狀況不好，打抗生素仍反復發燒，幽默吧！？你想著開完刀繼續喝酒。老二：「大家一起默哀吧」，女兒：「這……」，我貼個無奈的貼圖。你用Line告訴你弟弟膽囊炎、胰臟鈣化，下午開刀，應該是快的話！老大和女兒有事出門，順道去醫院拿髒衣服和不需要的東西回家，PCR結果陰性，換到一般病房（房號3804）， PCR陰性，老二可以離開病房，自由出入，這樣方便些。膽囊和消化有關，切除後油膩食物得忌口，容易拉肚子，住院期間你的食物就醫院訂餐吧

　　已經18：54還在排隊，今天排得到開刀嗎？你應該很痛苦，老二應該很累，19：42終於輪到了，開刀時間約二至三小時，女兒幫老二把行動電源充滿電，免得他等待時一個人無聊。你心律不整、心跳快速，麻醉風險高，手術約兩小時，21：46縫合傷口，情況比預計的糟糕，膽結石直徑約有2.5公分，膽囊化膿潰爛，留在手術室觀察，沒問題再推到恢復室。老二在恢復室外等待，你的狀況穩定；老大週一上班，在你推到恢復室後開車回大甲。

　　群組對話：老二：「為什麼有人把身體搞得這麼

破，這樣應該拖不了幾年。」女兒：「沒有膽囊，以後到底能不能喝酒啊？」過了23：00，老二告訴護理師會暫離醫院，老二一直沒吃飯，回到家先洗澡，弄點吃的給他，詢問他你的狀況，老二說：「臨開刀時，爸爸竟問醫生切除膽囊後還能不能喝酒？」真的被打敗了，一個愛喝酒的人念念不忘就是酒。老二吃了蛋糕，該拿的東西拿了回醫院，不能離開太久。

七月十八日晚上，你的心律時有過高，發著高燒，七月十九日早上吃不下，喝點果汁，醫院訂的餐由老二吃了，糖尿病能喝果汁嗎？你吃不下，能吃也只想吃甜的，只能讓你吃，要不怎辦？看醫囑是可以吃。手術後要稍稍走動恢復得快，請老二陪你病房走個幾分鐘，老二的回應是：「爸爸不怎麼想，想到以前阿嬤脊椎手術後害怕不敢走動……」病人不好照顧，老二辛苦了，沒人可以替換手，如果不是政府這般防疫，不普篩、不買疫苗，照顧生病的家人會這麼無奈嗎？你沒下床走動怕跌倒，抱怨醫護太積極要你起來走動，覺得坐著就暈，又躺著了，勉強不來，或許你真的沒力氣。

醫生來過，稱你有敗血症的現象，血液有細菌，得打抗生素，反反復復發燒，虛弱的身體對抗細菌不容易，敗血症狀很難三、四天就轉好。胰臟也有鈣化現象，你酒喝太多了，我不是管先生菸酒的人，只勸你適量，不是妻管嚴，需要這麼沒節制喝酒？之前你會背痛，主觀意識太強，向醫生自述病情帶有主觀判斷，說症狀像是心肌梗塞，或許影響醫生判斷。老二說醫院餐不好吃，中午幫你

買茶碗蒸、味噌湯，希望能有胃口，多少吃一點總是好。

　　老二：「爸爸到底是運氣好還不好，還可以撐到開刀。」如果昨天沒開刀，敗血症可能會很嚴重，或許……開刀後，必須記錄飲食、尿液的量，你吃不多也尿得少，這不太好。傍晚送你的健康量測手錶和藥物去醫院，腦袋昏了，老二問會在忠孝路的那一側，回答是，竟然站在光復路這側的門口。後來你排尿好些，晚餐吃雞肉沙拉。晚上十點左右，老二回家洗澡，要他能休息的時候盡量休息，真不行就請看護。

　　七月二十日你的血紅素太低需要輸血，兩個單位，兩袋的意思嗎？希望情況會好轉，你的狀況比想像的還糟。Line群組告訴孩子，如果這星期爸爸能出院，都回家來，爸爸會很高興。這幾天用視訊和你講電話，講不了幾分鐘，你沒體力和精神，只是讓你知道，我關心你，有醫生的治療會好轉的。年初例行回診驗血，好像腎臟功能有轉差，這次敗血症又有影響，尿排不太出來，需要導尿接尿袋，聽老二描述就覺得難過。接尿袋心律又飆高，肚子脹氣，轉到治療室，病情似乎往下走。

　　昨天告訴老二，今天我做飯帶給你吃，你狀況不好，他得旁邊守著，他要我不用煮飯，我說已準備，他要我不必送去；治療時應該不能飲食。早上和你說了一次話，視訊裡的你很憔悴，心律平均170，輸了白蛋白。你告訴老二有幻覺，老二覺得比較像做夢。你戴著微氧氣，如果有噁心不舒服，可能用鼻胃管降壓。現在健檢中心流行「血管增生」醫療，年初你做了三次療程，看來是沒有

效果。老二幫你換床單，你起不來，沒辦法每天換，被護理師叨唸了。

　　老二原本期待今天情況會好點，結果更慘，你偏向躺臥，病床立起來坐著也不太願意，病床躺臥太久不好，但要你有意願。你要老二幫你拍照，就拍吧！你高興就好，請老二傳到群組。覺得還是要和你視訊，不能在醫院陪伴，視訊電話講幾句吧！醫生建議轉加護病房，加護病房人力較充足，監測儀器也多，你同意。我是否該去快篩、做PCR？這樣可以去病房看你，萬一是陽性，全家隔離那怎麼辦？

　　16：30轉入加護病房前，焦慮擔心著你可能出不來了，請老二幫你拿手機和我視訊通話，虛弱的樣子看了難過。再來你得孤軍奮鬥，探病時間家人才能去看你，你進了加護病房，老二回家來，急著問老二「幾點可以去加護病房探望？」，答案是防疫期間加護病房禁止探望病人，心裡更加沉重與糾結，手術後你的狀況持續轉下，一切情況只能靠醫院電話通知，我的手機需二十四小時不離手，23：00電話響起，第一通電話對話：「陳先生呼吸困難，需要插管。」焦慮地問：「是氣切嗎？」院方：「不是，是一般插管，讓他能呼吸順利些。」再問：「他意識清醒嗎？他同意嗎。」院方：「他意識清醒，他同意插管，交代不使用急救藥物。」回覆：「既然他同意，我接受。」心上罩滿烏雲。

　　七月二十一日清晨四點手機響起，第二通電話對話：院方：「病人血液酸度太高，可能需要洗腎。」我

問：「我們能做什麼？」院方：「等醫生評估後會通知。」心下明白你的機會越來越渺茫。六點四十左右手機響起，第三通電話對話，院方：「病人血壓很低，幾乎量不到脈搏，呼吸非常微弱，你們盡快趕來醫院，我們會使用強心針，讓你們來得及……」。

我叫醒老二，趕緊出門，車上通知老大、女兒，到了外科加護病房外，按了通知鈴，護理師告知「陳先生已於6：50離開了」，老二PCR是陰性能立刻進到加護病房，護理長通融讓我也進去。面對再也不會回應我的你，心很痛！人生的最後一小段路孤單一人，而我們無法道別。

我怨！如果政府防疫不是如此，如果不是視人民如草芥，很多生離死別的傷痛會輕微些，我們和所愛的家人不能道別尚且如此之痛，那些隔離家屬面對染疫親人死亡，一日火化，沒有告別，沒有儀式，不能相送，解隔離後，淚眼婆娑的抱著骨灰甕，叫人情何以堪？

生死離別最重要的是能好好道別，你和我沒能道別，你忍著痛，為了陪我過六十歲生日，沒能說謝謝，哀傷心慟！

　　　　　　　　　　　　　　寫於嵐朵頭七

嵐朵朵朵｜035

06
嵐朵離開七七四十九天

　　七七四十九天會是如何？以佛教的觀點，往生者死後七七四十九天的中陰身階段，在這期間會投胎轉世，家屬為亡者誦經祈福，引領往生善處，真是這樣嗎？活著的我們不知道，死去的人不會來告訴我們。陰陽兩隔、人鬼殊途，活著的人回憶往昔的點點滴滴，是安慰？是哀傷？

　　人沒了呼吸就是死了，不再和活著的我們互動，死後去了哪裡？各個宗教有不同的說法，佛家說的往生極樂世界或六道輪迴？沒有人知道，宗教信仰這麼說，對一般人則一切都是猜測，所有儀式、做七、百日、對年應該是安慰活著的人，相信這麼做，離開的親人會去到美好的淨土。

　　如果你再晚些時日離開塵世，我會好些嗎？不會！不論你何時離去，我都會哭泣、悲傷，離別總是令人哀慟，何況是再會無期！時間往前，日子沉重，心中一抹淡淡幽幽的哀愁；你成為過去，我必需往前；不是遺忘，是收藏，放在心裏的某個地方；瀟灑如你，當希望我積極樂觀的繼續未來人生。

還在塵世的我們想念著你，三不五時的到詠生樹園區，探望茄苳區編號D610埋你的塵埃處，是物質的你的最後，火化後將你埋入泥土裡，無碑無墳，一段時日後，草漸漸長密了，界線漸漸模糊，一個依稀的位置，我們會牢牢記得你；這裡或牌位的你魂靈仍在，你在天上看著我們，像以前一樣護佑著我們吧！願你從來處來回來處去，不牽不掛，感謝相遇的緣份，謝謝你三十五年的相伴與照顧。

07
另一種告別

　　嵐朵，你三分之二的人生都在新竹生活，你媽媽走後，你不想高雄的房子成為空戶，2月8日，你將戶籍遷回高雄，你開玩笑說：「我媽戶籍遷到台中，往生時是台中市民，享受市民福利；我把戶籍遷回高雄就不是新竹市民，往生時費用就非市民……」，怎想得到不到半年你就離開人世，相關法律規定我們得到高雄辦理你身後的一些事務，我們依著你曾經走過的足跡，回憶一起走過的歲月。

　　你爸爸往生後，回高雄我們幾乎都住福華飯店，用高雄橋協名義訂房有優惠，9月11日抵達高雄已過13：00，去哪兒吃飯？想起你從小喜歡《泉成》汕頭火鍋，在六合路美麗島捷運站旁，就去吃火鍋吧！防疫規定，外帶的人多，同住家人才可以內用共鍋共食；點了傳統鍋底，南部火鍋湯底加了炒香的扁魚，有種特殊的食物香氣，特色的手工自製蛋餃、魚餃，沾著自製的沙茶醬（有孜然的味道？），好吃的沙茶火鍋，多了想念的滋味。

　　吃過火鍋，回嫩江街你成長的家，位在雄中後面，

以前隔著火車軌道、圍牆，有前後站的差別，火車經過時轟隆聲音吵雜，如今，火車軌道地下化，沒了火車駛過鐵軌的聲音，安靜許多；雄中的圍牆變得低矮，從巷口望去，視野全不一樣了。拜訪隔壁鄰居蘇大哥夫婦，謝謝他們多年幫忙照看老宅，早早約了你相識快五十年的老同學──阿貴仔見面，他比我們早到，拿鑰匙開門，哇哇！打不開，幾個人努力半天，想敲開大門、敲開大門……，麻煩了蘇大哥找來鎖匠，一番折騰終於把門打開。

樓上樓下四處看看，你這幾年雖一、兩個月回來看看，究竟無人居住的屋子容易老舊，你對這房子的感情和我們不同，我們就是看看，沒太多的記憶點，滿屋子不勝唏噓的落寞感。時序仲秋雖已近傍晚，天空仍亮、熱氣逼人，離開轉往飯店辦理入住，阿貴仔騎車到飯店和我們會合，一起用晚餐，閒聊前塵往事。民國74年夏天第一次見面，因為我們要買回程火車票，你約他在高雄後火車站碰面，他對我的印象是「很笨」，原因是你要我在車站外頭等候，你倆進車站買火車票，我傻傻在太陽底下等，夏天南台灣的太陽很毒啊！

9月12日福華麗香苑早餐，新冠疫情後重新裝潢，春天和你南下參加大伯的告別式時就是新模樣，空間區隔感較好，防疫規定，由服務人員幫忙取餐，早上只有一個行程──三鳳宮，我們家的車子恭請有哪吒三太子保平安，買第一輛車裕隆速利的時候，我媽媽請給我們的，回高雄我們多會到奉祀三太子的三鳳宮拜拜，有一段日子沒

來了，熟悉中帶著感傷，你不會一起來了。

　　中午和你的大表姊夫婦在漢來翠園吃飯，烤鴨二吃是亮點，亮澄澄的片鴨、入味肉質軟嫩的炒鴨，黃魚煨麵鮮甜，蒸籠小點，每道菜都好；去年12月也是大表姊夫婦在翠園請吃飯，一家五口都在，你媽媽骨灰進塔高雄元亨寺，此時你缺席了，物是人非。餐後續攤樓下咖啡館，聊著你的故事、小時候，個性始終如一，就是率性自我。你常這麼對我說：「我沒有騙妳，婚前婚後都一樣！」。晚餐吃不太下，買飯店後頭的阿囉哈滷味，你喜歡買這家滷味在飯店裏頭喝啤酒。

　　9月13日到稅務單位繳交資料，國稅局跑了三個地方才正確，煩惱中午吃什麼，計畫到台南吃午餐，我喜歡高雄不二家的糕點，中秋節快到了，順道回二林，到不二家買伴手禮，車子經過中華路，想到曾和你在新國際西餐廳用餐，很愉快的用餐經驗，時間已過十一點鐘，那就去新國際吃飯吧！車子停在中央公園邊的停車格，走路過去，餐還是不錯。

　　不二家就在美麗島站旁，無法路邊停車，我和老大下車買伴手禮，老二、老三開車繞一圈；伴手禮買好，突然很想上洗手間，匆匆搭乘電扶梯下去捷運站，出了洗手間，我方向感不好，看到電扶梯就往前去，看到站內的演奏型鋼琴，某年回高雄，你曾在這裡借琴彈奏，是你要我來的嗎？回憶上心頭，孩子等著，再望一眼，搭電扶梯上到地面，我竟然在對街。

　　上高速公路往二林，以前從高雄回二林會從西螺交

流道下，導航卻是從北斗交流道，我告訴孩子「爸爸以前都從西螺下……」，他們沒聽懂，心裡稍有遺憾，高雄、二林、新竹曾經逢年過節的路線，這三天走過了我們的曾經。

08
未亡人——寡婦——再度單身

　　婚姻的結束，無非生離（離婚）死別，離婚是當事人的選擇，死別是上天的命運之手，當事人只能接受。嵐朵你離開塵世的那天，我成了未亡人，我身分證的配偶欄多了一個（歿）字。「未亡人」意味配偶離去留下了自己，雁行折翼，這時候沒時間悲傷，要處理你的喪葬事宜，好好送你最後一程，希望事情辦得圓滿沒有遺憾；時有悲情湧上來止不住而滿臉淚水，很快地拭去淚水，服喪期間太多事情要聯繫與決定，哀傷的情緒潛伏著。

　　告別式過後，我的角色一般稱作「寡婦」，這詞給人有孤單、自憐自艾的感覺，親友的不捨與安慰，說我對你的離去表現得堅強，情緒穩定平和，沒有封閉自己；真實的情況是我雖不脆弱、也沒有很堅強，在家獨自一人，想起往昔種種，曾數次縱情宣洩地嚎啕大哭，家中的各個角落不再有你的身影，在你最後塵埃撒入詠生樹D610土穴內的那刻，確切面對你再也不會出現，緣分已盡。

　　經過這段時日，梳理自己的心境，社會上佛教徒間流傳此說法，「人往生的八小時內，魂魄離開肉身是很痛

苦的，此時切勿碰觸往生者的身體，避免他承受更多痛苦」，這個說法制約了我，三級防疫加護病房不能探視，那日清晨醫院通知我們盡速趕往醫院，來不及見最後一面，我克制自己不去碰觸你，但是誰能告訴我這是真的？在最後如果還能擁抱與告別，對亡者、生者是不是更能得到安慰？亡者或許願意擁抱——即使承受極大的痛苦，生者也能不遺憾？

　　婚姻需要經營，互相成全，像跳探戈你進我退、我進你退的互相配合，夫妻朝夕相處，即使偶有鬥嘴不快爭執，就是相伴依靠的人；我倆並不黏得緊，各自有朋友圈與活動，雙方的朋友也多少認識；個性不同，興趣迥異，你彈鋼琴、打橋牌、打高爾夫球；我聽戲、插花（交朋友聊天）、研習命理（紫微斗數）；你常抽著煙斗、雪茄、喝著酒、悠閒做派的彈琴，夫妻應當做到尊重對方喜好。你說婚姻裡除了愛情，更需要的是責任、相知與體諒方能長久；夫妻須是知己聊得來，在同一頻率上，交換看法，觀點不需一致，我們這樣相處。

　　你離開塵世，服喪過後日子雖依舊，需時間調適感情的、生活的一些改變，容易也不容易，家裡都是過往相處的痕跡，無一不挑動人的思緒、情感，清楚明白這過程得一步一步經歷、沉澱才能過去，有回憶、有傷悲，不壓抑自己的情緒，回憶過往點點滴滴、或喜或悲，真實面對自己的感覺；親友的安慰陪伴只能讓自己分散注意力，面對生死離別，能否得渡「彼岸」惟有自己。

　　謝謝你在我人生低潮的時候接住了我，我倆常常打

趣「是誰被騙了？」，都認為對方給自己騙了，是吧？七月初給自己選了一個六十歲的生日禮物，特別的兩瓣組合的心型項鍊墜子，冥冥之中吧？像極了我的人生，辛丑年，我倆姻緣寫下句點，你的離去，人生劃成兩半；想起你，我會哀慟、不捨、流淚，換個角度思考我「再度單身」，雙人舞有雙人舞的曼妙，獨舞有獨舞的自在隨興；過去已逝，未來尚遠，過往的種種都是豐富我生命的養分，有喜、有悲、有苦、有樂，將來回望都是美好的記憶，謝謝你在我的青春歲月與我相遇相伴。

　　月有陰晴圓缺，人有聚散離合，聚散有時，自然之理，人世之常；你支持照顧我三十五年後離開了，這輩子第二個辛丑 —— 太歲年，人生最末段迎來突然的大變化，餘生不長，珍藏過去，樂看未來。從今而後，我會勇敢往前，天上人間，無有牽掛，兩下心安。嵐朵，民國74年以前，「我的過去你來不及參與，你可以參與我的未來」，現在，「你參與了我的過去（民國74~110年），無法參與我的未來」，我的未來因為有你參與的過去而精彩。

09
嵐朵百日後

　　嵐朵，你已經離開百日了，五月疫情嚴峻時，你說：「防疫降級後，請詹老師和幾個朋友來家裡吃飯、聊天」；沒等到新冠疫情趨緩，你已飄然遠颺化作千風。那時詹老師來靈堂致意說：「嵐朵百日後，到你家裡坐坐。」習俗上百日是個節點，決定你百日後，請老師和一些朋友來家裡聚會，像以前一樣。

　　透過為銘連繫，敲定你百日後10月31日邀請你的朋友來家裡小聚，幾位橋友、球友。就像往常你請朋友來家裡聚會般，先擬定菜單，有自己準備，有買現成熟食；希望朋友們暢意吃喝、聊得盡興，他們有相熟有不認識，共同交集就是嵐朵你。

　　前一天先滷豆干、海帶，需先滷幾次才會入味，人多需準備較多食材，有部分先買好，今天一大早上傳統市場買文蛤、排骨、青菜，8：30開始前置作業：洗洗切切、剝蝦殼去泥腸、娃娃菜川燙……，就到了10：30，涼菜切好擺盤，客人有素食者，葷食、素食分備，不能怠慢了。瓦斯爐、電鍋都用上了，外送的鹹甜點心準時送

到，我也在客人到來前數分鐘完成所有菜的上桌。Ivy有活動，中午一點鐘過後才能到，捱到那時肚子一定餓壞了。

朋友們帶來伴手禮，Ivy帶了末代交大友聲球隊的帽子來，大家都太客氣了，準備啤酒、可樂、茶飲，相熟不熟的朋友需要時間醞釀氣氛才會熱絡，來的朋友有清大、交大，是同學、同事、校友、球友、橋友，交情從四十年到五、六年，跨三、四個世代，話題從四、五年級生年輕的時候，七年級生的Ivy和我的孩子網路社群世代溝通即時無遠弗屆，是不易理解那個在學校排隊打公共電話、筆友靠寫信的時代。

餐桌相鄰的或幾位聊天，或大家一起講故事，當然你還是話題的重心，看著畢業紀念冊、相簿，你那時候的造型頂著雞窩頭，實在……，典型交大人穿著較土氣，清大就斯文些，大家打趣所以是「台、清、交」啊！交大餐廳的飲食也是令人難忘，今天才知道，全是學生自己管理請人做飯，沒有營利的問題，當年才能一天餐費22.5元，不過那舀飯的飯杓還真不一樣，木頭杓子不是飯匙，我說喜歡，嵐朵從學校餐廳「拿」了送我。

聊得起勁，啤酒、可樂喝了不少，不覺中已傍晚五點，朋友們說再見，雖然嵐朵你缺席，還和以前一樣，當成你累了，我們幫你招呼朋友，一直是這樣，江蛋說的「嵐朵我同學？還是豆豆我同學？」，歡迎大家以後有空來坐，謝謝你們對嵐朵的體諒包容與關懷，與你們相遇是他的福氣，謝謝！

10

感謝＆斷捨離

　　斷捨離不易，有些人、事的捨離由不得自己，有些得定下心細細處理說再見，處理親人遺物的「斷捨離」不容易，慢慢處理分類，過程裡回憶往事前塵，成為「感謝離」。處理親人遺物是種儀式，像在祭壇上獻祭，直指內心真正的感覺誠實以對。

　　整理遺物，對著衣服、物品，你生前種種一幕幕在心上浮現，心底幽微處隱隱揪緊，或捨或留俱是糾結，許多年以前，我把你的幾本舊書捐給社區圖書館，也把數件你許久未穿有七、八成新的Polo衫送到人安基金會，你知道後非常生氣，覺得我不尊重你，承認是我有錯，當時你說了一句：「會不會以後你也把我丟了！」我還沒把你丟掉，你已把我丟下。

　　現在我怎麼處理你的東西，你已無法置喙，而我卻無往常的率性；有的物品毫無懸念的丟棄，有的物品請孩子一起決定如何處理，有紀念、象徵意義和你喜歡的物品，像是球隊的帽子、棉T，特別是交大友聲隊，有學校校徽的棉T，UMC的夾克，一定要留做紀念，交大、

UMC對你有很重要的意義，翻閱照片，有些帽子、棉T跟著你四處走逛，照片說著故事。

有些地方你頗節省，上百盒盒裝的高爾夫球沒打過，上球場老打「滷蛋」（球場撿的舊球），把這些球全給了你的「再興四人組」球友；橋書整理後，將小部分留作紀念，其他分送橋友和交大橋藝社；樂譜原則上全數保留，期望未來有人學鋼琴；幾百瓶的葡萄酒、高粱、威士忌，找時間邀請你的朋友們來家裡聚會時共享，你雖離開了，你的朋友是我們家的朋友，酒食相邀、友誼永續。

照片、物品讓過去的點點滴滴清晰地浮現，三十幾年竟如一瞬，也就這麼都成往事，甘甜、苦澀、關懷、爭執、妥協、退讓在心上流轉；我捫心自問，你雖沒有甜言蜜語、不懂細膩體貼，是真心的對我好、照顧我，為我擋風遮雨，我常抱怨你，你少說我的不是；我敢於對事、對人理直氣壯，是你挺我、讓我依靠。

對你的物品，你活著時候的斷捨離和你離世後的斷捨離絕對不一樣，慢慢地整理你的東西，分類後有丟棄有保留，是回憶、是不捨、是感謝，也是整理自己準備面對新的人生階段；現在我的生活像是兩條平行線，右線過著一般日子，左線回想過去安頓感情，不是撕裂是種必然，雖再無你與我同行，我帶著我們的曾經及你給我的一切樂觀前行，謝謝你。

11

那一年，我要開咖啡店

　　整理家裡物品，翻出了一些二十幾年前的物品、文件，收存了這麼多東西，究竟會不會再次翻閱回味，或是讓這些東西佔據家裡的一些地方再無聞問？這是一次大整理， 八、九成新的轉送慈善單位，部分資源回收，文件拍照電腦存檔，不需要、無紀念價值的丟棄，過程裡重見「舊物」，「往事」在心頭翻騰，彷彿回到舊日時光。

　　誠品書店的袋子裝著一大疊紙張，拿出來一看，民國86（1997）年準備開咖啡店的籌備資料，和室內設計公司簽約的設計圖、估價單，光是硬體部分就要兩百多萬，喊卡！不是價格，而是設計師把人當盤子，夾層設計的地板僅用細小的H型鋼釘上木板，安全堪慮啊！改請建設公司承作夾層，按他們的工程方式施作，以粗的H型鋼做樓板基底，灌上水泥完成夾層樓地板；咖啡店的室內設計乾脆自己來，再找裝潢公司施作。

　　開店沒想像中容易，何況是開間自己心目中的咖啡館，裝潢設計、施工、監工之外，咖啡館的機器設備、桌椅等都要花時間詢問比較，為了購買咖啡機、磨豆機與學

習煮咖啡，某日和業主商談過後離開時發生車禍，汽車駕駛開車門將我從馬路的側邊撞到路中間，一個多月用輔助器行走，皮肉傷痛兼生活不便。義式咖啡機、磨豆機價格十八萬五千元，加上醫藥費及工作考績乙等，很昂貴哪！

典雅、安靜、溫馨的咖啡館是我的想法，店裡應該飄著濃濃的咖啡香，古典音樂不絕於耳；漂亮精緻的咖啡杯、馬克杯，細緻小巧的咖啡匙絕對必要，數次上台北選購，咖啡店的老闆嵐朵（我的金主）打橋牌，看到撲克牌馬克杯當然要買，買了數款，有兩組是愛麗絲夢遊仙境的圖案，這些杯子或打破或裂了，現在只剩一個了。在台北逛啊逛，百貨公司看到模型火車，會行進冒煙的蒸汽火車，好想要喔！買來布置咖啡館一定很棒！隔個幾日硬拉著嵐朵去看模型火車，非常感謝他真的讓我買火車布置咖啡館。

火車模型專櫃名稱《鍾愛一生》，詢問老闆能否幫忙安裝，老闆答應了，正巧德國原廠人員來台，花了三天幫我安裝，車站、月台、軌道、山洞、鐵路沿線風光，背景貼上阿爾卑斯山圖案的壁紙，德國人做事真的一絲不苟，三天都在旁邊看他工作，鋪軌道、做山洞，小屋、車站、月台的空間安排，軌道兩旁的小樹、月台乘客布置，擬真的火車經過村落、山洞模型完成的時刻，看著火車冒煙行進過山洞，既興奮又快樂！像是得到想要玩具的小女孩。

咖啡館店名？毫無想法，嵐朵說叫「Tina Coffee」好了，就這樣了！用什麼Logo來設計咖啡館的招牌、名

片、便條紙、紙巾？以咖啡豆為概念，嵐朵請他的同事幫忙，橢圓形的圖案將店名設計在其中，左側一朵小花，我不清楚為何要取名「Tina Coffee」，後來慢慢明白了，嵐朵心裡想的是「一個嬌小女子夢想中的咖啡館」，招牌、名片選用咖啡帶點橘的顏色，便條紙、紙巾則是淺灰色；橢圓形木製招牌低調地掛在外牆邊上，牛奶是咖啡的完美搭檔，遮雨棚設計就從這個想法來的，咖啡色遮雨棚上頭寫著白色的店名，也算是店招。

雖然常去咖啡館，完全的門外漢，要學煮咖啡：義式咖啡、虹吸式咖啡、奶茶……，買了多本咖啡有關的書惡補，請熟識的咖啡店老闆（郭姐）教我煮虹吸式咖啡，義式咖啡機老闆賣咖啡機兼得教會我煮義式咖啡、打奶泡。就這麼趕鴨子上架，咖啡館開張了，謝謝親友的捧場，開幕很熱鬧，來店禮是本店Logo的鑰匙圈；咖啡館禁菸，唯一例外的是老闆 —— 嵐朵，他也挺識相，快打烊才來喝咖啡，聊聊天再一起回家。

咖啡館雇用工讀生，全是對面交大學生，來來去去不少工讀生，開這個咖啡館最愉快的是認識小我兩輪的年輕學生，有幾位還有聯絡，或許是為了遇見他們吧！電工系的學弟後來找嵐朵組團練鱒魚五重奏，有好幾個月的時間，每天聽嵐朵播放不同版本的鱒魚CD來練鋼琴，他真的很認真，上台那天他有點小突槌，好像慢了幾拍？他是這麼說的。

開咖啡館一點也不浪漫，很辛苦，生意清淡擔心，生意好忙碌，最討厭的是被綁著不能亂跑，錯的時

間——小孩年紀太小，難以兼顧，大概只開了三年；別自己開咖啡館，開店的錢足夠你一輩子走訪許多不同的咖啡館。偶爾還是會想起我的咖啡館，特別是跑來跑去冒煙的模型蒸汽火車。

12
2021歲末感懷

　　2021（民國110年，歲次辛丑）之於我的人生，是個特別的轉捩點，1985（民國74年，歲次乙丑）人生新階段，74年4月8日，嵐朵你和我訂婚，110年7月21日你離開塵世，十二生肖流年轉了三圈，我們從青春正茂來到初老三十六年的時間，以前常問你愛不愛我，你總笑而不答，要不就說不愛；說你要和我白頭到老共唱〈白髮吟〉，你也是笑笑地看著我；今年你六十三歲離開塵世，你的一世情，我的半生緣，婚姻畫下句點。

　　今年正巧我六十足歲，歲次回到我出生的辛丑年，恰是一甲子的時間，人生迎來大轉折 —— 配偶離世。趕到醫院的當下我沒哭泣，非腦袋一片空白，是停格，想帶你回家，不能如願，辦理相關手續，遺體先移到安息室，助念八小時後再放入冰櫃安置直到告別式，我沒有不知何是好，心緊緊揪著，想的是處理好喪禮相關事宜，圓滿送你最後一程，沒有時間哀傷。

　　服喪期間較長，正值新冠疫情嚴重期間，親友來靈堂致意正好分流，和親友談及你生病到往生的整個過程，

這讓我釋放、梳理情緒，大家對你的看法挺一致，自在、瀟灑、率性、有才氣，和你相處簡單直接，讓我鬆了口氣，老擔心你的直率會不會得罪人；慶幸我倆不忌諱談論生死，你的突然離開不致倉皇無措，告別式會場的照片，你早就請同事拍好存檔，告別式的曲子，你自己選了蕭邦（你的最愛）、理查克萊德門各兩首曲子，追憶影片選用蕭邦夜曲當背景音樂。

8月8日告別式，會場以音符、鋼琴鍵盤搭配各色鮮花，我了解你不會想要一片白的會場，你應該很高興父親節熱鬧的有家人、親友相伴，大家聚在一起送你一程，我要把你人生最後一件事情辦好，希望天上人間的你我兩下心安。新竹市殯儀館很人性，尤其羽化館（火化場）做到尊重亡者、安慰生者。早先的討論你同意植葬，三月底啓用的詠生樹園區，寬闊草地、幾株老樹，像個公園，感覺很好，晝看藍天白雲，夜望繁星閃爍，更有蟲鳴鳥啼，愜意自在。

嵐朵你不在了，生活一如往昔，我倆相處本就鬆緊有度，各自有興趣嗜好、交友圈；是情感上的爲難，一個相伴三十五、六年的人，再也見不了面、說不了話、觸摸不到，哀傷難過的苦；新的一年將來到，勉勵自己收拾好情緒，繼續前行，你一定希望我過得好，你不再同行，我也要活出精彩，讓天上的你不爲我擔心。歲末年終深深謝謝你對我的愛與關懷。

13
舊地重遊

　　舊地重遊，每個人的心情迥異；曾經美好的旅遊，對的人、對的時間，回憶起來讓人甜蜜愉快；如若景物依舊，卻是人事已非，見景思人，重重回憶，百感交集，此時此刻的我，舊地重遊是惆悵滿懷，想追回或抓住些什麼？根本不可能。

　　和朋友到鶯歌，老街走逛各色店鋪，回想以前孩子小，和嵐朵假日帶他們來過，陶瓷博物館、老街；孩子大了，我學插花，兩人來逛，或許有中意的花器；富貴陶園的藝品，陳紹寬先生的翻銅佛像，讓我們心動，買了回家，佈置在玄關。一年多前和孩子來鶯歌逛，買了插花的花器。

　　今天由朋友帶著逛她熟悉的幾家店，我提議去富貴陶園，富貴陶園仍是那麼的雅緻，前庭造景翠竹綠意、水景帶有童趣；館裡空間藝術品佈展極佳，窗景、展台、藝品擺設吸引人的目光，室內燈光柔和微暗，入口處映入眼簾典雅的冰裂紋花器，花器上頭插著簡單流暢花藝作品，陳紹寬先生的翻銅佛像意境更幽遠、線條更美了，這裏安

靜如禪。（2022/01/06）

　　每年冬夏兩季會到復興鄉角板山購買香菇，這裡的香菇香氣十足、價格合理，順道出遊閒逛，這次開車載我去角板山的是兩個兒子，他倆沒開車來過，選擇谷歌導航，當然不是以前嵐朵開車的路線，很多事情都成回憶留在心裡。不曾假日來，出門的晚，已無停車位，決定讓老二排隊等停車位，我和老大走去常買的商店買香菇，自己食用兼送禮，感覺這季的香菇沒那麼香了，不解！和心情有關嗎？

　　頗幸運，老二來電話說有車位車停好了，那就可以逛逛角板山的景點。過了中午十二點先吃飯，決定去以前吃的小館，想尋回些什麼；飯後，先到角板山公園，沒看見梅花，已謝或未開不知，山谷翠湖，先去溪口吊橋，階梯一路往下，林蔭深處枝葉縫隙間透著陽光，數百台階走下來，身上暖和出起汗來。這裡屬石門水庫庫區，水量豐、湖色綠，陽光照耀水面波光粼粼，閃煞人眼；天靛藍、山色翠、雲朵白，給人舒暢感；到吊橋對岸，腿痠發抖，坐下來小歇，回程上坡，氣喘不已，體力洩漏年紀啊！

　　兩年前嵐朵和我來買香菇，新整建好的吊橋，我兩走逛吊橋，回憶三十幾年前來過，公婆學校自強活動，我們開車來會合，吊橋老舊、山路簡陋，兩個兒子還小，女兒尚未出生，三、四歲的老大體力好自己走，我揹著一歲多的老二，那時候年輕啊！回到公園時間尚早，往蔣公行館，從生態池這頭進去，走到梅園，梅花開得挺好，花期

不一、開謝錯落，不減丰姿。坐在戶外喝杯咖啡，偷得半晌悠閒，咖啡不行，場地景觀補足。

　　傍晚沒了陽光，覺著有點冷，該回家了，結束慣例的角板山採購香菇行程。（2022/01/08）

14
冥冥之中

　　三十七年前你送我一條裡頭放了你照片的心型項鍊，我不曾戴過（照片選得不優啊），卻在你離開後不少場合我戴了這條項鍊出席；有幾個你承諾會參加的活動你無法去了，我相信冥冥之中你要我代你參加，像是橋友任律師國家音樂廳的演奏會，交大教職員合唱團的表演，一定是天上的你促成的巧妙因緣，讓我幫你完成承諾，你的橋友YY邀約我參加。心思上想讓你到現場，想起了這條有你照片的項鍊，我戴著這項鍊參加幾個你朋友的活動和聚會，聆賞演奏會、音樂會時，我打開項鍊墜子讓照片裡的你出現，我相信你在現場聆聽。

　　年輕時沒錢，當然不會慶祝結婚紀念日，過了幾年壓力稍緩，可以在那個值得紀念的日子去吃飯，三個小蘿蔔頭搞得人手忙腳亂，稱不上慶祝，只是一餐飯不必煮；多年過去，經濟狀況可以了，孩子也大了，真的能慶祝結婚紀念日，兩人或出遊、或餐廳吃飯，真有慶祝節日的味道；2021年5月結婚紀念日，你提出全家一起到Eric私人廚房聚餐，怎承想那是最後的一次結婚紀念日，全家福照

片也成絕響。

　　情侶、夫妻之間送花很浪漫，多是男人送給女人，羨煞那些沒收到花的女人，你不浪漫，不說甜言蜜語，更別寄望鮮花了；結婚後的前幾年都是我送花給你，生日的當天訂一大束漂亮鮮花附上自己寫的卡片，請花店送到你公司，公司的女職員都很羨慕你，有太太送花；她們偷看卡片，見到我竟對我說：「你的卡片寫得真動人（昏倒……＋臉上三條線）。」幾年後終於你在節日買花送我了。伴侶沒送花給妳，你就送他，他會樂陶陶，然後他就知道該他送花給妳了。

　　曾經，你將花從辦公室抱回來，在電梯裡遇到鄰居太太，對方狐疑、曖昧的看著花束說：「送花給太太喔！」你告訴我鄰居太太一副懷疑你作了啥事得罪太座送花賠罪。你送了幾年花，我上插花課之後就停了，因為家裡擺滿鮮花啊！你離開塵世後，我又開始送花給你，你火化後植葬的那天，我們用了三袋花瓣伴你的最後塵埃入土，一段日子就去詠生樹園區看你，帶著不同的鮮花佈置在你的長眠之地，花在風中搖曳。

15
嵐朵詮釋的《夢中的婚禮》
和蕭邦《送葬曲》

　　認識你後雖知道你會彈鋼琴，卻不曾聽過你的琴聲，不曉得你的琴藝，訂婚後數月和你回你高雄家裡，你隨手彈琴才首次聽到，真正聽你彈琴，是在你工作數年後，新竹家裡買了鋼琴。為了彌補荒廢多年的琴藝，幾乎每天練習二至三小時，你真的很喜歡彈琴，非音樂系本科，自我要求很高，期許自己的琴藝有一定水準，更是自我感覺良好，自認不輸科班。蕭邦、舒伯特、理查克萊德門、拉赫曼尼諾夫……你最愛的是蕭邦。

　　音樂之於我，互不相熟，看不懂五線譜，歌也唱不來，電視歌唱節目偶爾聽聽，西洋古典音樂不單沒有興趣，更是「路人甲」，高中上音樂課深感痛苦，第一次聽鋼琴演奏，只覺得無趣，選擇的伴侶竟然會彈鋼琴，你也不在意我是音癡、對古典音樂陌生。

　　我聽古典音樂從聽你彈琴開始，我不懂音樂，但我聽得懂你琴聲裡的感情，你的琴聲感情厚重、激烈澎湃，我說你是「悶騷」，琴聲洩漏或者是表達自我情感最好的

方式？你對樂曲的詮釋方式成了我的「銘記印象」，接受你的詮釋，聽到其他演奏者彈奏同一首曲子，直覺你的詮釋最好。

喜歡你彈奏的《夢中的婚禮》和蕭邦《送葬曲》，直到聽了多個不同演奏者的琴聲，方才明白你的琴聲裡的沉重與哀愁；你知道我想要什麼樣的婚禮，可是，我們結婚時你還是碩士生，我沒有上班，我們在新竹公證結婚、沒印喜帖，謝謝親戚、朋友、同學的參加，讓氣氛熱鬧，表哥是法院庭長，而能單獨一對證婚，禮堂裡就我們一對新人。你彈奏的《夢中的婚禮》琴聲沉重、淡淡的愁，每每聽你彈奏，我常會眼睛泛淚，琴聲牽引我曾對婚禮的期盼。

1998年你第一次彈奏蕭邦《送葬曲》，是你爸爸腦溢血住進加護病房，數月後情況很不樂觀，你想彈奏蕭邦《送葬曲》獻給你爸爸，你爸爸是鋼琴老師；你說你第一次聽到蕭邦《送葬曲》，是在蘇聯領導人布里茲涅夫的喪禮轉播上，琴聲搭配軍人正步抬棺非常莊嚴肅穆。我們聽到你詮釋的蕭邦《送葬曲》是非常哀傷沉重，當年你對小一的女兒說：「以後我走了，妳要為我彈奏這首曲子。」那之後女兒不再練鋼琴，對一個小女孩來說太沉重了，你很大的期望是女兒婚禮上和女兒四手聯彈。

女兒高中時期，我們聽到不同於你版本的蕭邦《送葬曲》，才發現是輕柔的旋律、有點哀傷，不是那麼地沉重。鋼琴是你的最愛，表達你內心深處的濃濃感情，我不懂音樂，我聽得懂你的琴聲。再也沒有你彈奏版本的《夢中的婚禮》和蕭邦的《送葬曲》。

16
思念像月沉日升的自然

我不想你
你自在腦海浮起
思念時伏時出 如月沈日升
思念像月落 潛伏悄無聲息
思念像日升 光照遍撒甦醒
睡去時你像月沉
醒來時你像日升
你在我心上 睡睡醒醒
思念是種存在
浮時感知 伏時收藏
思念就是這般

　　所有事情都只有對境，才知道自己會如何應對，沒遇到前，可以頭頭是道的自己會怎麼做，那叫紙上談兵，容易；伴侶離開世界，人已逝，緣已盡，情未了，如何面對？沈浸在往日的情景，思念、回憶所有的酸甜苦辣，重複曾經的日常，走過一起同遊的地方，想念記得的往事，

然後椎心的痛；或是不思不想，清理伴侶的物品，留下部分有紀念意義的東西，心沈澱後生活該如何？插花、茶道、旅遊、寫作、志工，找些有興趣的事讓生活重心轉移。

充滿矛盾，不想顯得無情，伴侶走了不思念，日夜相伴幾十年啊！思念就讓淒涼氛圍壟罩自己，心上隱隱作痛。懷念似乎心裡好過些，可又傷慟，不知如何是好？曾經，看著親友遭遇生離死別，勸慰著他們釋放痛苦的情緒，想哭就哭。想像對方的處境，換位思考還可能；感同身受太難，畢竟隔了一層，痛在別人身上。我妹曾對我說：「我兒子週歲就走了，你會難過，你不是我，那種痛你很難體會得到。」今天我明白了，感同身受很難，經歷切身之痛才有辦法體會。

伴侶離去，以為自己應該能堅強的處理情緒，真正發生了才明白沒那麼簡單，那是生活的徹底改變；擁有獨立人格，不為對方而活，日子過得下去，仍不免哀傷難過；若對方是自己生活的重心，生活將失魂落魄、了無生趣，陷入漩渦之中墜落深淵。看著你的遺物要如何動手，過些日子和孩子一同整理，回憶也安頓自己的情感。

該怎麼面對伴侶逝去，不思念怕遺忘，思念卻哀慟，該思念不思念？

17

釋懷 ── 寫給嵐朵

　　對不能和你告別，心幽微深處揪著，當時在醫院裡照顧你的是老二，他的感受很深刻，晚上老二又陪我到交大校園走路，邊走邊聊，他說：「或許這是最好的安排，爸爸一定不想讓我們看到他最後在加護病房的那般模樣。」

　　你對孩子來說，是個厲害有才華的老爸，是堅強的靠山，有著巨大的身影，那天病倒了，孩子見到爸爸你的衰弱；對我而言，你是自在帶著笑看世間的性格，自信且自我感覺良好，是全家倚靠的人。你的形象那麼鮮明，面對身體狀態直線下滑，你的心思是不願讓自己拖著病體活著。

　　你轉入加護病房，心肺功能持續衰退，需要戴著氧氣罩，到了7月21日凌晨必須插管才能撐住呼吸，一邊打點滴、藥物，一邊繫著監視器以觀察生命跡象，清晨四點多醫院來電，稱你尿液酸度太高可能要洗腎，我問我們能怎麼做，回覆等醫生答案，等來的結果是醫院通知我們趕過去，說你的血壓、脈搏已非常微弱，約莫十五分鐘來到

加護病房門口已來不及了，見不到最後一面，你往生的時間6點50分，應該是我們抵達醫院門口的那刻。

老二做過核酸檢測，可立刻到你的病床前，護理長通融讓我進去加護病房看你，這時候你所有維生儀器都已除去，看到你詳和的躺著，就像睡著；到護理站填寫資料完畢，再回病床看你，綠色的布巾摺成布條從下巴往頭上綁個結，那是護理人員的巧手傑作，就像美國卡通裡小朋友牙痛綁的那樣，這是第一次（也會是唯一一次）看到Q版的嵐朵，那當下我微微笑了。

如果，來得及見最後一面，就是另一個樣子，嘴巴張開插著管子，身上都是點滴、監視儀器的線，你沒辦法和我說話，甚至是昏迷狀態，而我只能滿臉不捨的淚水，想是你覺知我們到了醫院，你想讓我們記住的還是你灑脫自在笑看人間的樣子吧！時間就差那麼五分鐘。

你選擇了另一種方式和我告別，你認為我會懂（今天我才想明白），因為我倆一樣相信靈異（我媽媽生前是通靈人），你離開的那天晚上，夜裡半睡半醒之間，閉著眼睛的我，依稀看到一團黑霧，靠向床上的我，我沒睜開眼，我怕！怕一睜開眼就消失了，我感覺得到重量，你抱著我一會兒，之後，知道你離開了！

隔天早上醒來想下床，見著我常隨意放在床上的長臂猿、小馬兩隻布偶竟然在床頭櫃前，長臂猿靠著床頭櫃抱著小馬，這一幕我確信你回來看我、抱我，連兩天長臂猿抱著小馬靠坐床頭櫃，其實，我更希望你和我說話。你選了想要的方式離開，用你的方式跟我告別，此時想想，

這像是你的風格，也是最好的方式。

　　2月4日立春，節氣正式進入壬寅年，這個過年和過去不一樣了，家聚沒了你的自我感覺良好的說話，你永遠缺席了，我用我想的方式讓你參與除夕團圓，我穿著你最愛的NCTU紅色帽T吃團圓飯，開紅酒、粉紅酒（酒標是裸女，你自己挑的吧！），心裏有股幽幽的哀傷。時不時總會想起你人生最後孤身在加護病房，你最後想的是什麼？永遠不知道答案。

　　高雄國稅局申報的遺產稅終於核下來，開始辦理繼承相關事宜，得跑不同的機關、單位，每辦理一件，心就難過、隱隱揪著，提醒著你已離去，和老大說：「可能幾年才會真正放下。」老大回我：「為什麼要放下，就讓爸爸陪著你。」我說的放下是不再哀傷，不是遺忘。

　　曾經的相伴成為回憶，在回憶裡，過去的酸甜苦辣滋味是美好的，喜怒哀樂交織的生活豐富了我們，我倆共同建立我們的家，你不在了，我會把孩子圍攏在一起，我寫我們的故事，有G204，你的醉樂禪牌居，我的豆豆窩，讓孩子和他們的孩子記住嵐朵你對我們家的愛與付出。

　　2月4日打開我的電腦，點選你的臉書帳號，畫面竟是我的文章《釋懷──寫給嵐朵》，你是要告訴我「你真的不想讓我們看到你最後在加護病房裡的樣子，要我們記住你那笑看人間的表情」，2月6日打開你的電腦，畫面出現除夕夜我在你臉書上的發文、照片，你利用臉書畫面告訴我，你要我釋懷，你參加了除夕團圓，謝謝你的愛。

18

阿羅哈客運初體驗，也是最終

　　嵐朵，這些年你自己回高雄都搭阿羅哈客運，認為省錢、舒適也不累；阿羅哈客運宣佈2022年2月18日發最後一趟車之後將停駛，2月16日下高雄辦事情，從未搭過阿羅哈客運的我，決定搭一回新竹到高雄，將是唯一的一次體驗，女兒建議我搭高鐵，不想萬一後悔沒補救機會，仍選擇搭阿羅哈客運南下，回程再搭乘高鐵。

　　你和我一起回高雄都是開車，也多住宿福華飯店，因此我並無機會搭阿羅哈客運。你多選擇早上六點或七點的車次避開塞車（台北發車），我起不來，能搭最早的車次是八點，事先買票、劃位。2月16日，車塞在楊梅，遲至8：27才從新竹上高速公路。兩排豪華座椅十幾個座位，椅背可四十度後仰，如果想睡覺還挺舒服的，行車中我滑手機、寫紀錄、偶爾看看窗外。

　　自行開車新竹到高雄，一般約三小時可達，搭客運卻是過中午十二點才到高雄，一者台中有乘客上車，二者燕巢有乘客下車，交流道上上下下，難怪要四個多小時。下車地點正巧在建國路高雄中學前，你的高中母校，拍個

照留念。肚子很餓，吃啥？沒想法，簡單就好，就站前肯德基了。

　　下午一點鐘過後，起身離開前往三民區綜合行政大樓辦事情，沒什麼人，很快處理好，高鐵是19：25，有五個小時可以閒晃，你回高雄是穿街走巷回憶年少時光，吃些庶民小吃，找尋記憶中舌尖的味道，於我？沒有特別的感覺，有陣子回高雄你我各吃各的，約時間、地點碰頭。這幾年你說小吃的老味道走樣了，可你還是吃，你吃的是回憶。

　　問路到捷運站，發現《愛河之心》就在附近，去逛逛吧！很多年以前我倆一起逛過，方向感極差的大路癡，問路！路長在嘴上，很快到了《愛河之心》，整理得不錯，天空很藍、陽光高照，空氣熱烘烘啊！想走回後驛站，南北方向弄不清楚，再問路人，結果竟走到了凹子底站，捷運搭一站就到漢神巨蛋，買杯珍珠奶茶、逛百貨公司，覺得無趣，決定搭捷運到生態園區。

　　出捷運站又是一臉茫然，警察局就在眼前，問路去，孟子路過四個紅綠燈走到底，見到服飾公司從旁邊小路鑽進去就是了！園區不大，原來記錯了，以前和你去的是《中都濕地公園》，小走一段前方大馬路，不知道出去是哪兒？逢人問路，翠華路！天啊！蓮池潭風景區，我走了好大段路，時間還早，去走走看看，離之前參觀該有二十幾年吧！？

　　沿湖邊步道往春秋閣，一段老舊城牆，蓮池潭多了些景觀設置和舊印象不同，春秋閣的龍虎雙塔應該是整理

過，重新上漆，顏色亮、彩度高，不是記憶中的樣貌，時間改變太多的事情，我們只能接受。下午五點，該前往高鐵站，繼續問路如何到捷運站，老天爺！蓮池潭雖在左營，卻和捷運站、高鐵站有點距離，對方建議我回捷運生態園區站搭到左營站，又是一段路好走，今天已走兩萬多步了！

　　高鐵站新光三越瓦城連鎖品牌店吃個泰式海陸酸辣麵，往高鐵站候車，買了吳寶春酒釀桂圓麵包，還有喜歡的高雄老店《不二家》（現稱不二緻果）的芋頭蛋糕，幾乎回高雄就買《不二家》的綠豆凸，你回高雄也多會幫我買。今日高雄辦事情之外的走逛，帶有惆悵的回憶和念想。

19
詠生樹園區

　　早時農業社會人們多土葬，除了殯葬當日，人們在上巳日（陰曆三月三）或清明節上墳、掃墓，傳統墓園即使是花園公墓，仍容易讓人裹足不前，現在多了樹葬、植葬的環保葬，新竹市的植葬園區稱《詠生樹》，園區整理得好，管理良善，開朗寬闊有多種樹木、綠意草坪還有一方水池。園區剛滿一年，園區採輪區植葬，四個區約二至三年吧！？同一位置就會換成新的植葬者。

　　我膽子小，體質也敏感，因而不喜歡到墓園或納骨塔，嵐朵你植葬在《詠生樹》園區，為了看你，不害怕了！我們會帶不同的鮮花來看你，4月4日到《詠生樹》看你，帶了白玫瑰搭配麒麟草插在你的長眠處，清明時節來的人多些，園區的植葬位置上多有花束，懷念逝去的親人。詠生樹像個綠地公園，植葬在這裡，聽大地之聲，見大地之色，證四季更迭，你應該是歡喜的。

　　詠生樹園區每個往生者的長眠位置不立碑，不做記號，很幸運，你的位置在最靠走道的第一排，由左往右數第五個位置，直線對著老樹，容易辨認；來追思的人多會

帶花，各有巧思，長眠之地上有花束、有將花插在其上，有放微小型盆栽，有將花朵鋪成心型，我知道你悶騷，每將許多枝花一枝一枝的插在你的長眠位置，花在風中招搖，今日有一長眠穴位，堆出微微的小丘種著小小灌木叢，各對逝去的愛用盡心思，那是愛與思念，觸動著來看望的傷心人。

　　春天的穀雨後，隨風飄來的種子落在植葬區，長出的新葉、小花很有生氣，綠意一片，古代土葬埋骨多年稱「墓木已拱」，如今植葬方式只能說是綠草長得濃密；來看你總有鳥叫蟲鳴合唱，偶有蝴蝶翩翩，前些日子見著喜鵲在園區隨意走動，來看你像是踏青。茄苳區位置已滿，新的「入住者」在樟樹區，感覺往生後選擇植葬的人多了，或許很快就輪回茄苳區，我就再無從尋你，人生聚散離合常態，茄苳區D610你長眠其中時，我們有空就來看你，用鮮花佈置伴著你，安息吾愛。

　　附記：很久以前，我倆看到一個故事，妻子往生後幾年，先生帶著交往的對象去墳前祭拜妻子，希望亡妻能接受……；討論著如果故事換成是我倆一人先走呢？嵐朵開著玩笑說：「如果妳先走，我帶著交往的對象去妳墳前，妳肯定氣得墓碑掉下來，因為吃醋。」我倆選擇植葬沒有墓碑，這事不會發生。

20
嵐朵 —— 我眼中的他

　　從初識到交往再到結婚共組家庭，我認知的嵐朵是個怎樣的人？頭城露營站在營地，你確實吸引了我的目光，有種特殊的氣質，說不上來究竟如何，下午海灘嬉戲，你的旁觀者姿態讓我好奇，既參加活動卻遠離，好奇如我，走向你、和你說話。

　　同一小組，營火晚會圍坐沙灘上，你和我相鄰而坐，晚會氣氛熱鬧，大家都很投入，營火將熄，解散各自活動；我和你留在沙灘上聊天，初秋夜晚的海邊，浪濤聲一波一波，越晚寒意越重，你將毛衣給我，還是冷得打哆唆，聊了多久？應該有幾個小時。

　　我們有些相同的特質，早熟、覺得人活太久沒有意思，獨處也很自在；差別是我在群體裡是參與者，我投入其中不亦樂乎；你則是旁觀者，觀看所有人的行為，一種距離感；你率性自在、不拘小節；你身體不太好，B肝帶原，抽點菸喝些小酒，對生命一副無所謂的態度，冷酷的外表下是保護自我？抑或內心渴望關愛與被理解？

　　露營後，小組又約了兩次活動，書信往來的互動，

約莫一個月吧！你在學校吐血，據說是十二指腸出血，緊急送院治療，幾個同學輸血給你，你同學很窩心，特地寫信請我繼續寫信給你、鼓勵你，出院後你回高雄療養，冬天過後，不知怎的就沒聯絡，感覺你對生命沒有熱情、不在乎。

因緣巧合吧！民國71年陽春3月，交大電信找班上同學辦聯誼，一天一夜地點在新竹，晚上交大舞會，舞會後夜遊，從交大博愛校區走到青草湖，隔天早上烤肉。班上同學的二哥電信71，和你是好友，舞會上見了面，他問我要不要去找你，就這樣再見面，說你淡漠，卻在我們幾個同學不想夜遊時，願意將房間讓給我們，還用電湯匙幫我們煮綠豆湯當宵夜，你應該是個好人。六月寄了張畢業卡給你，是謝謝也祝福，回函是隔年我畢業寄到系上的畢業賀卡。

你正服兵役，就這麼寫信，當兵無聊吧！當時我留在台北，來找過我幾次，沒有通知就直接從官田北上，也不怕我不在；一回我媽北上在阿姨家，我要過去，你跟我去，我們並沒交往，你很自我、一派自在，吃飯就像在熟識的人家裡，這點你和我很不一樣，那次給我媽的印象不好，吃飯姿勢不合格，誰能想到隔年春天我倆訂婚，你成了我家準女婿，而我媽是「丈母娘看女婿，越看越有趣」。你很自信的對我說：「吵架、離家出走，我不必擔心，我只要通知妳的爸媽，他們自會把妳找回來」，篤定我家就是傳統人家。

你最常對我說的話：「我沒有騙你，婚前婚後都一

樣！」該說我幸運？婚前婚後一樣，如果是溫柔體貼窩心照顧，那是中彩券！事實是婚前婚後你都做自己；你不浪漫、說話直接，婚前即表明：婚後夫妻互相尊重、保有個人自由，你還是要打橋牌──那是興趣。你是傳統的大男人，盡責顧家，處理事情有原則，妙齡女子的我怎麼想？好啦！因為我很務實，明白甜言蜜語不可靠，但有一很重要的原因，你是交大畢業的，而我擇偶的必要條件：聰明的清華、交大理工男生。

你確實過得很自由，工作養家之外，興趣一樣都沒落下：橋牌、鋼琴、高爾夫球，迷上打球之前，假日會帶小孩出遊，打球之後，周間晚上兩天打橋牌，三天練習場練球，假日在球場，令人羨慕吧！後來我要求你一年必須一次和我們一起旅遊。你很替孩子著想，孩子也明白你對他們的愛，卻因和孩子相處少，互動上有那麼點距離。

你有你的驕傲和自尊，不低頭也不解釋，你人很善良，在你的能力內不吝嗇，你常說你的朋友們都是好人、慷慨行善，你不像他們；其實，從我們經濟好些後就開始小額捐款，金額慢慢增加，對親人有情份，只要是認真勤奮的都願意幫忙，你相信我，這些事情任由我處理。

你是個善良的好人，脾氣大了點，講話直白，不說檯面話，有原則、照顧家庭的先生、父親，和你有緣是我們的幸運。

21

嵐朵不是我的菜

　　嵐朵不是我的菜，雖然你年輕時長得蠻帥的，可是你那一頭像雞窩的捲髮就讓我搖頭，再者穿著打扮也不怎樣；但你有個令人心動的條件，聰明的交大理工科男生，我想要的對象優先考慮清華或交大，和你會彈鋼琴無關，交往前不知道，訂婚前沒聽過，後來為啥交往？我有歲數了（虛歲24）沒人追，真正的理由是我們蠻適合的，觀念相近、聊得來，尊重兩人個性、興趣的不同，能給予對方相當大的自由與尊重。

　　你大學時就打橋牌，橋牌之於你不輸給鋼琴，訂婚後，你希望我學橋牌，拿了橋牌入門書給我，要我背橋牌制度，不到三個月我棄械投降，你也放棄了；工作幾年後你開始打高爾夫球，又想要我一起打球，買了套球桿給我，只用過推桿，沒上過場，去球場陪你打球，沒三兩次放棄，清早四點起床、四點半出門，天哪！在家睡覺實在多了，你喜歡的、會的我都不會也沒興趣，或許我也不是你的菜，哈哈！你交大電工系畢業，進了科技業，你常告訴我相關資料信息，不在乎我聽不懂，可我有超強的記憶

力，聽過後幾乎不會忘，有模有樣像鸚鵡學舌的和你的朋友聊天。

你的穿著很「異類」，非白即花的襯衫搭西裝褲，冬天不穿外套，說法是冬天就該感受寒冷！喜歡留鬍子，不合我的審美觀；民國73年秋天試著交往，我對你說：「你留鬍子，我就叫你叔叔。」你只好刮鬍子（還沒追到手）。大學畢業後我沒找工作，準備考公職，吃喝爹媽，「櫻櫻美代子」的我，讀書空檔去嫂子的縫紉班學做衣服，民國74年春天訂婚，我就拿你當試衣對象，做衣服給你穿，你從不拒絕，有一件很誇張，無袖無領上衣，領口、袖口天藍色滾邊，前面刺繡圖案，繡了「Lumdo、花朵、蝴蝶」，當時你就穿著在交大校園裡頭逛，我媽看到你穿那件衣服都快暈倒了。

幫你做過上衣、外套，有一件駝色立領上衣，你到美國出差穿了去，開會時被稱讚你的衣服elegance，你出差回來後告訴我，樂得我飄飄然。結婚後，我成功改變你的穿著，和多數人不一樣，你也喜歡，有十年左右你用吊帶而非皮帶；冬季多穿著立領外套，衣服你喜歡多口袋，可以放很多東西。頭髮剪的短了，不再蓬亂捲髮；偶爾還留鬍子，這事我一直很難接受。退休後，交大棉T成了你的基本穿著，你對交大很有感情，就隨你了，其實是管不了。

抽菸、喝酒，適可而止，我並不在意，你抽煙斗，只抽帆船牌櫻桃口味菸草，朋友們出國過境香港都會買了送你；喝酒不挑：啤酒、高粱、二鍋頭、葡萄酒、威士

忌，你說有酒精的酒都是好酒，喝酒就是買醉。你不浪漫，說話直接，甜言蜜語不會從你口中說出，你的體貼關心就是少了一味；你送我禮物但一直不知道我喜歡什麼或適合什麼，常被我嫌棄，你覺得我戴帽子很好看，第一次美國出差買了頂漂亮帽子送我，頭型不合又太大，興沖沖然後一盆冷水，你覺得很無趣，你對我好就是少了點細膩。

我倆決定共度一生，法院公證、昭告眾人，成為夫妻的那天，是我們的結婚紀念日。去年（2021）我們和孩子共度結婚三十五年紀念日，竟是最後一次，7月你羽化離去，今年缺了男主角，如何稱這個日子？決定將這個日子定為我們家的生日，因為這一天我們建立自己的家，我給取了名字叫「嵐朵朵朵」，嵐朵以前組隊參加橋牌賽會用「蘭朵」或「嵐杜」當隊名，將兩者組合，「嵐」的畫面較「蘭」多些，聯想到你抽菸斗吞雲吐霧的樣子。仍訂了去年的Eric Tsai私廚聚餐，紀念我們的曾經。

孩子都尚未結婚，他們結婚時，將有所遺憾，爸爸缺席了，禁不住心裏酸酸楚楚的。想起女兒剛出生不久，我待在娘家，你自己在新竹，下班後看著外國電視影集《清秀佳人》，畫面是婚禮，你打電話給我對我說：「看著女主角的婚禮，忍不住流眼淚，想到女兒以後結婚，自己可能受不了……」，你捨不得女兒，我笑你女兒才幾個月大啊！而今，未來孩子的婚禮你都將缺席，換成我會掉眼淚，喜悅、捨不得，還有遺憾！

今年少了你和女兒，女兒到台南找同學，我和兩個

兒子來個浪漫的晚餐約會，慶祝「嵐朵朵朵」生日快樂，去年你在餐廳開了瓶白酒（我喜歡白酒），今年不行，能喝的你沒來，家裡還有許多你買的葡萄酒、威士忌、高粱，你囤了好多酒，回家再開瓶吧！對我是個儀式，劃下分號；再見結婚紀念日，「嵐朵朵朵」生日快樂，將過去珍藏、迎接未來，讓往事安眠，讓當下幸福。

22

嵐朵和丈母娘

　　民國73年春天，我媽第一次見到嵐朵，當時我倆並未交往，你仍在服役，你沒事先通知，從官田北上找我，我媽正巧上台北看我阿姨，只好問你要不要一起過去我阿姨家午餐？你表現的隨興自在，毫不憋扭掩飾，給我媽的第一印象不好，餐桌禮儀不合格，你把手撐在餐桌上；我也不在意，你又不是我的交往對象。

　　事情常在莫名其妙下轉彎，那年秋天我倆互動變得頻繁，聊得內容越發多元，包括家庭觀、用錢態度、夫妻相處的距離等等，還真的頗適合；婚姻不是兩個人、是兩個家族的事，結婚最好得到父母同意、家人祝福，我家是鄉下務農大家族，人多意見多，父母同意來得順利些，民國73年的冬至，用我妹妹學電腦當藉口，你來了我家，見了不少人，大致印象都不錯，唯獨一事你也姓「陳」，傳統上同姓不婚，我媽媽覺得不妥，我媽想法較古板，婚後我連名帶姓稱呼你，我媽都不太高興，要我別連名帶姓的叫你，喊名字就好。

　　俗話說「嫌貨才是買貨人」，你首次拜訪離開後，

我媽對我說你人中旁邊有縫過的疤痕，天哪！真的嗎？問了你，你說小時候常和鄰居的小狗玩耍，有一次小狗突然發狠咬了你的嘴巴，受傷縫了三針留下疤痕，仔細端詳你的人中，真的有縫過的痕跡，並不明顯，我媽竟然注意到了。我媽是通靈人，讀大學時常問我媽：「我未來的對象長怎樣？多高？」我媽總說高我一個頭，我說：「不能再高些嗎？」我媽笑著說：「那要多高？」──你高我一個頭。

第一關我爸媽沒太大反對，後面的事自然有人解套，四叔公孫女和我同年已訂婚，準姑爺同姓，再來就是如何找個好理由，我爸不介意同姓，三堂姐夫對你印象很好，交大電子研究所、相貌佳，對我爸說；「他家來自閩北福州，我們閩南泉州，此陳非彼陳。」我爸說：「兩家人五代內並無親戚關係！」不糾結同姓這事兒，對象本身條件才重要啊！冥冥之中吧！？你和我大伯、二伯兩人名字中間都是「慶」字，獨我爸不是，否則尷尬又麻煩。

家族既不反對，你覺得我家雖然遠了些，到我家找我可省去不少開銷，在台中碰面，看電影、泡咖啡館都得花錢啊！鄉下人家來者是客，真誠招待，你最得意的是「兩個月五千多塊電話費就追到老婆」，放假接著來了幾次，情況又出乎意料，待家裡看電視挺無聊，我建議到街上走走，不少認識的人看到了，我媽上市場買菜，被親友問得難以解釋，隔個星期你來家裡，午飯後，我媽直接了當的問你：「你常來我家，街坊鄰居容易閒言閒語，如果你覺得我女兒不錯，有意願交往，請先訂婚，不然，請別

來了。」你竟然同意了，回說會回去告訴你爸媽，你有對象要訂婚。你常誇稱：「我老婆追我，我丈母娘向我求婚。」夠得意的咧！

民國74年4月我倆訂婚了，正式交往到訂婚不到半年，之後，丈母娘看女婿越看越有趣，我媽對你非常好，令我吃味，抱怨我媽，我媽的答案我反駁不了，她說：「他是你一輩子的依靠，我當然要對他好啊！」閩南有句俗諺：「惜花連盆，愛子連孫」，愛烏及烏的表現，我媽不只把你當女婿還是貴客，當你疼愛一個人，原本有意見的事也不再是一回事了。我爸不菸不酒，我的家人不抽菸，酒偶爾且微量，對你抽菸喝酒並不在意，我媽酒量不差但不常喝，會陪你喝點酒；我家有非常多親友送的好酒，有八成的酒是你喝掉的。

我媽很會做菜，你來家裡，我媽一定做許多好菜，特別是下酒菜和海鮮，我外婆家賣海產，料理和品嚐海鮮我媽都是高手，你喜歡吃蝦和螃蟹，秋高氣爽吃蟹的季節，最好吃的螃蟹是花腳蟹，我媽都是蒸一大鍋，讓大家吃到心滿意足，在我家吃螃蟹，你的技術算差，我媽和我大弟不須任何工具，可以將整隻螃蟹包括每隻蟹腳完整地拉出來吃，蟹的季節過後是紅蟳，我媽會特別用豬的油網煨蟳給你吃。某年你出差美國，買了吃蟹工具送我媽，我媽快笑死了，你是故意逗我媽。從小愛吃烏魚子，冬天我媽曬很多烏魚子，她是烤烏魚子的高手，火候恰到好處，你在我家吃的烏魚子顛覆了你的味蕾，烏魚子適合下酒，你樂得啊！

　　我畢業後沒上班，從小沒吃過苦，結婚爸媽置辦了不少東西，婚後數年，一個月有半數日子住娘家，享受當女兒的待遇，孩子有親人幫忙照看，你不需擔心我和孩子；俗話說女兒賊，我算一咖，回娘家我媽總準備一堆東西讓我帶回新竹，海魚、香菇、干貝、烏魚子、毛巾、香皂、保養品……，我爸媽對我們的照顧，你很衷心感謝。我媽和你很親，在我娘家，我媽總會陪你聊天，兩人聊得開心，我媽老對你說：「我女兒脾氣不好，請多擔待。」你有恃無恐地告訴我：「我倆如果吵架，你離家出走，我打電話給你爸媽，他們就會把你找回來給我，還會說你的不是。」這倒不假。

　　你和我媽只有十三年半的緣分，我爸媽都疼愛你，你也對我爸媽和家人很好，岳父母和女婿的一場美好相逢，緣分有時，終會道別；服喪期間，有親人告訴我，看到我媽來接你，讓我得到安慰，在天上，想必你還是被丈母娘疼著呢！

23
對年

　　今天陰曆6月12日（陽曆7月10日），嵐朵你對年的日子，前幾日先請禮儀公司連絡寺廟師父來誦經祝禱，也向與其配合的廚師預訂祭祀用的素菜，閩南人的習俗忌日依陰曆計算，親人往生故去週年的時候「做對年」，儀式過後，亡者牌位和祖先牌位「合祀」，意味成了先人和祖先一樣。之後初一、十五不再拜飯，只在逢年過節和忌日祭拜。這一年作七、百日、對年的佛事，都透過禮儀公司聯繫寺廟，定早上十點開始儀式，百日自己準備菜飯，時間早了些有點趕，對年就將時間押後半小時，祭拜素菜用訂的，事情雖有計劃，不免有意料外的情況，師父來的時間較原定晚了，隨順因緣，或許你自己選定了時間。

　　昨天沒做晚餐，問女兒吃什麼？她說清夜的清大滷味，巧合嗎？你喜歡吃的滷味攤，我喜歡豬肝和鴨翅，你吃辣我不吃辣，每次買清大滷味，這兩樣不加辣；吃著滷味，想起以前你星期二到體育館打橋牌，我晚上散步有時候走到福星喝咖啡，十點左右離開走到體育館，等橋賽結束一起回家，這晚再度去福星喝杯飲料，原來的路線回

家，不過是一個人。這一年，有些事做得、有些事做不得，觸景生情，悲喜兩樣情。

　　這一年快嗎？不快！明明白白的每一天，按著習俗初一、十五為你拜飯，年節提前一天祭拜，約莫十五至二十天到詠生樹園區D610你最後遺塵所在，今時應已塵土交融，今天下午再到詠生樹園區，我們折了九朵蓮花加上紙錢燒給你；所有儀式對生者而言，是表達對亡者的心意，讓自己的悲傷得到安慰。「百日」有它的道理，告別式之後很重要的日子，一個分界點，該走出生死離別的哀痛；「對年」另一個節點，所有不捨要告個段落往前看，生命還有許多人、許多事值得關心。

　　我常會處理一些已不喜歡、用不到的物品，很久以前處理掉你的幾本老舊書籍、衣服，你發現了，非常生氣說了句：「以後你是否也把我丟了！？」犯錯的我，默默沒有應聲，自己不該沒尊重你，沒問是知道你絕對會要留著。

　　你遠去了，整理你的物品是需要的，我完全可以依我的想法，這時點卻猶豫難決，如果你在，願意讓我整理你的物品，應該是毫無懸念的丟棄我認為該捨去的；而今？望著你的物品掙扎著，留？不留？斷捨離知易行難，特別是處理和自己朝夕相處三十幾年的人的物品。

　　對年了，做一個大幅度地整理，整理房子，逼自己處理你的、我的物品，丟棄或回收或送到《慢飛兒》二手店；整理過程有些文件物品被翻出來，思緒回到那當下，二、三十年的時光回憶起來只倏忽一瞬間，思緒偶爾停頓

在某個時點，有笑、有淚、有感謝、有懊惱，時光不倒回。該捨當捨，有愛相伴，輕裝前行。

24
難忘的生日印記

　　生日應是充滿喜悅，被親友祝福，或簡或奢的吃喝玩樂慶生，特別是六十歲生日，一甲子的人生六十干支走了一圈；去年歲次辛丑來到六十歲，怎想得到生日當天嵐朵你高燒送醫，新冠疫情升級，政府宣佈防疫三級，簡單的膽囊炎因快篩、核酸檢測拖延，化膿引發敗血症，不到四天，從此天人永隔。生日成為我難以言喻的慟！

　　不能餐廳用餐，在家吃也得像過節的樣子，將外帶食物認真擺盤，你說食慾不好，吃得不多，很快離席去沙發躺著，等著下午吃蛋糕，然後拍全家照。15：30叫你吃蛋糕，發覺你不對勁，你站不起來，意識有點模糊，我們要扶你，你堅持自己走到餐廳，搖搖晃晃到了桌邊就昏倒摔了；你全身冒汗溼答答，讓兩個兒子幫你換洗，女兒幫你吹頭髮；我快速拿掉蛋糕上的蠟燭，將蛋糕冰進冰箱，決定自行開車將你送醫。

　　想都沒想到你再也沒有回家，膽結石發炎開刀併發敗血症，情況一路往下，你離開了人世，生日當天是我兩最後相處的日子，疫情三級的防疫規定，阻隔多少親情、

製造多少遺憾！我們沒能道別，教我如何面對往後的生日？你忍著不舒服陪我過生日，生日就會提醒我：你進醫院後再也沒有回來，如果你在當天就離開人世，那麼這個傷痛就烙得更深、更讓人難言。

最後在醫院陪你的是老二（規定只能一個）對我說：「媽媽別難過，如果不是你生日，三級防疫期間哥哥和妹妹都不會在家，爸爸生命最後還有機會全家聚在一起是幸運的，爸爸在醫院是這麼說的。」從這個角度想，我應該寬慰，但很難！去年你過的最後一個家庭節日就是我六十歲生日，今天孩子幫我過生日，心情複雜，去年的景象浮現，心陣陣刺痛難以消停，有怨與遺憾！

每年有兩個專屬我自己的日子：生日、母親節，去年母親節防疫尚未升級，全家到夏慕尼吃鐵板燒，生日家聚被突發狀況打斷；今年女兒問我生日想去哪家餐廳，選了夏慕尼，因為那是你和我們最後共度專屬節日的餐廳，重回曾經的地方，往事一幕幕浮現，忘記究竟是忘？或記？

緣分早注定，你已遠颺化做千風，相信你逍遙自在悠遊天上。

25
07/21嵐朵遠颺週年

　　今天7月21日你離開塵世週年的日子，這一年，日子不快也不漫長，情緒在當下和過去之間擺盪，整理你和家裡的物件，塵封的角落、櫃子裡的許多物品、文件，還有一些被遺漏未整理的照片，往事歷歷在目，共同經歷的喜怒哀樂，互相扶持關愛、爭執不快，充滿幸福與感謝夾雜悲慟與不捨。這一年按習俗初一、十五為你拜飯，親自烹煮你喜歡的食物；百日、對年的重要日子，請師父誦經、祭祀；十天半個月帶鮮花到詠生樹園區D610你最後塵埃處看你，詠生樹園區採分區輪葬方式，大概三年，D610就會換人植葬，能去的也就這兩、三年，做這些事讓我寬慰與安心，是對你的感謝與思念。

　　你得意的事很多，不是音樂系，卻彈得蕭邦夜曲；打橋牌，因緣際會能在北京人民大會堂參加橋牌賽；更常掛嘴邊的是黑道大哥的形象被多方認證，開著跑車在高速公路隨意變換車道被交警攔下，警察用槍指著你，在台中騎著腳踏車，五分頭、墨鏡、夾腳拖，警察懷疑那高檔腳踏車可能是偷來的，到鐵板燒餐廳用餐，短髮、墨鏡、不

說話，嚴肅冷峻的表情，鐵板燒師傅戰戰兢兢，沒敢出聲，直到你去洗手間，師傅小心地問我：「餐點可以嗎？」綜合形象不搭嘎，這就是嵐朵你。

　　一直以來你在家裡彈鋼琴，你的琴聲在家裡迴盪，我習慣了你的琴聲，你離開了，再也聽不到你的琴聲；這一年是這麼過的，每天聽蕭邦、理查克萊德門的鋼琴曲，心理上，讓我覺得你與我同在，讓我的心安定。和自己相處三十幾年的你突然沒了，接受事實又堅強面對那是艱難的，我沒那麼堅強，會思念、會哭泣。是巧合？抑或冥冥之中早有定數？第一次和你出國是1995年去北京，第二次1996年去美國，兩次都是你出差我跟去玩；我倆最後兩次一起出國是2019年，倒數第二次去美國參加女兒碩士畢業典禮，最後一次到大陸江南聽崑曲、遊賞名園。我倆1985（乙丑）年訂婚，2021（辛丑）年你羽化飛仙，今生緣盡。

　　我倆不是神仙眷屬，一般夫妻有的情況我們也免不了，個性不同、興趣差很多，好的是尊重各自興趣，給對方相當大的空間，不黏著對方，需要共同出席的場合一定出現。你對我是蠻好的，雖然你常不清楚我喜歡什麼，買的禮物常被我嫌棄，我不用香水，有一年生日你送我Dior香水「毒藥」，借魏徵夫人寧願喝毒藥也不接受太宗賜先生姜室，嘲笑我愛吃醋；我抱怨你一大堆，你少說我的不是，也不太管我；你是傳統大男人，這也意味你是盡責顧家的人。我倆常聊天，頻率相同聊得來，可是最後的幾年聊天時間少了，你總在電腦前，好不容易來到客廳，又是

滑手機，我和你講話你總搖手，我頗挫折，因而我也少和你說話，如果知道在一起的時間不多，會有所改變嗎？時間不會重來，務請珍惜和親愛的人擁有的時光，無人知道緣分還有多久。

　　人走茶涼是世人常有的喟嘆，這一年我深深感受你的朋友們的溫暖與關懷，我是你的朋友溫馨友誼的接受者，Line、微信、電話或相約見面關心我的情況；有些朋友到詠生樹園區看你，你曾彈鋼琴陪練小提琴的小姊妹，練了梁祝去拉琴給你聽；我戴有你的照片的項鍊，聽交大教職員合唱團演唱，橋友國家音樂廳的鋼琴演奏會，完成你答應的事情，在你離去週年的今天，謝謝你朋友們滿滿的情誼。

　　嵐朵，謝謝你來到我身邊，如今，你我天上人間，謝謝你！不負遇見！

26
07/21嵐朵離開週年

　　嵐朵，你已離開週年，這一年我的情緒時有低盪，往事在心上盤桓，日子就這麼過著，時而看著告別式你的回顧影片，整理你和家裡的物件，共同經歷的許多往事在腦海低迴不已，你主外、我主內分工合作，一步步建立我們的家，你努力工作還房貸和存錢，我在家帶孩子，你開源我節流，生活裡的喜怒哀樂、酸甜苦辣，點點滴滴的回憶充滿幸福與感謝，夾雜哀傷與失落。

　　2021年7月21日你離開擾嚷的娑婆世界，沒和大家道再見！你和我最後的道別是7月20日下午進加護病房前，通了視訊電話，你我倆下難，情況不樂觀，各自心裏煎熬，有話想說該如何說的無奈，安慰或道別？去年7月17日下午到7月21日清晨，這段時間我相信你為了我們努力想活著，所以7月21日凌晨呼吸困難下你同意插管，到了四點鐘血液酸度太高，你一定是思考過後不想洗腎，不想折磨自己、拖累我們，瀟灑離開，你是否有遺憾？

　　這一年想起過往種種，你對我的照顧關懷，情緒複雜，有難過、哀傷、不捨、懊惱，感謝你的愛、照顧、相

伴，給我自由的空間，如果可以，我想像年輕時候問你：「你愛我嗎？」我這麼問時，你總笑而不答或回說不愛，你是否回過「愛我」？我記得你總是笑著說「不愛」，愛不愛是用心感受，嘴巴上說的有時是有口無心，行動說明一切，我想你是愛我的。

退休後你學人種菜，弄了兩個塑膠盆煞有其事地種菜，就吃過一次空心菜、一次菠菜吧！以你種植的方式難有收成的，這幾年你唯一種活的就是跟我妹妹拿的九層塔，成了多年生矮灌木，去年你離開後，我很努力的澆水偶爾施肥，九層塔於我是你生命的延續，在你周年忌日前夕，九層塔的葉片全掉光了，生命也到盡頭，我不甘心，怎麼就被我照顧的死了呢？

幾天後，盆子右上角有株小嫩葉冒出頭，是九層塔嗎？叫老二來看，他看不出來，再數日約莫有十幾公分高，湊近去聞，九層塔的味道，心情好些了，新生命成長，接著就是好好照顧著，兩側長出分枝，谷歌大神說可以剪下來放在水瓶裏頭，慢慢會長出根來就可以移植到土裡，前後剪了兩枝，一枝已長出許多細小的根，過幾天將小苗移種到盆子裡。

27
不牽掛，放下

因病、因意外離世，有很快離開的，有拖延時日，不論哪種方式，都是對生者的示現與說法，考驗生者如何承擔生死離別。

你退休後興致沖沖的學人種菜，在花台弄了兩個大盆子，剛開始有點樣子，你的種法是撒了種子、澆水、偶而施肥，沒了！好像收成過兩次，吃了一次空心菜、一次菠菜，後來，不見收成。你跟我妹要了九層塔，也不怎麼用心，竟然活了很多年，像株小灌木。

去年你離開了，我認真地照顧這株九層塔，他活著對我有重要意義，我沒有綠拇指，從小也怕碰泥土，就澆澆水、施點肥、和九層塔說話，他也這麼活著，七月，九層塔葉子慢慢掉落，到你周年忌日前葉子全掉落，光禿禿的枝枒，我滿是落寞與難過，怎麼就這樣子？

繼續澆水，期望再長出綠葉，並沒有！突然一天看到盆子邊邊長出了綠色的葉子，是九層塔嗎？喊老二來看，他說不知道，小植物隔兩天稍稍長高，低下頭聞聞味道，真的是九層塔。心情被鼓舞了，仍是擔心，能活下來

嗎？過了近兩星期，確定活了。

　　你走後，我還是三、五天會打開你的電腦，你的電腦舊了，開機速度慢，7月21日幫你的電腦開機，螢幕打不開，不死心重試，沒有畫面；幾天裡又試了幾次，螢幕仍是一片黑，老二說：「媽媽放棄吧！應該是爸爸的意思。」之後，我不再幫你的電腦開機。

　　九層塔、電腦兩件事，我相信你是要告訴我「你已不牽掛塵世，要我不要執著；生命生生不息，老的生命會逝去，新的生命會茁長」，是的，你一向瀟灑自在，遇到事情就面對，無法改變就接受，在你生命最後你亦是如此，果斷地做出決定。我明白你最後教我的事情，謝謝你！

28
父親節

　　去年我們過了一個很特別的父親節，我們選擇了8月
8日舉行嵐朵你的告別式，你愛熱鬧、重感情，也重視節
日，當禮儀公司給我們三個日期，想都沒想直接就選了8
月8日，幫你過節，你肯定贊成選這天。擔心當日仍是三
級防疫，告別式家屬和工作人員不能超過十五人，那真叫
人情何以堪？七月底衛福部疫情指揮中心宣布防疫降級，
室內聚會可以五十人，告別式親友可以來送你，常常我都
覺得你好命，可不是！

　　謝謝親友們特別來送你一程，我們在禮儀公司的禮
堂辦告別式，防疫雖降級，未改到殯儀館的禮堂，新冠疫
情期間親友有些遠在中南部，小小會場應該可以，若真的
人多，禮堂後面還有一休息室，不會有問題。告別式會堂
佈置，早就告訴禮儀公司經理，不要全白，要點色彩，鋼
琴是你的最愛之一，以鋼琴黑白鍵做為佈置立面，因空間
限制尺寸多次調整，和原先構想有些微落差；8月7日下
午禮儀公司開始佈置，我不放心上會場去瞧瞧。

　　選用的花材一片白，我不高興，告訴佈置人員：

「事前已說明粉色系，不能一片白，我先生不會喜歡……」，繡球花、百合、桔梗全是白色，點綴少許香檳玫瑰，會場佈置我們多付了錢，效果讓人很不滿意，直接找經理談，經理回覆我往生者年紀不大，擔心你方家族長輩說話；我回他：「家裡現在我最大，依我說了算！」禮儀公司只好趕緊增加花材，將白百合換成葵百合，加了粉色桔梗。

看了會場佈置的花仍搖頭，決定自己動手，到一樓將朋友送來的眾多盆蘭花剪了二十來枝插在佈置的花裏頭，讓整個顏色、動態活潑些；你年紀六十出頭，送來的蘭花多為白色，有幾盆淺綠色，每盆蘭花都在十枝左右，剪下一、兩枝不影響，請佈置人員拿剪刀和我下樓剪花，白綠兩色蘭花高低不一的錯開在不同位置，這樣有了律動感。我們另外訂了兩盆藍色調高架鮮花趕在下午六點左右送到，和花店討論調整花的形態，折騰下來時間也晚了。

8月7日下午開始下雨，雨勢不小，擔心隔天雨若不停怎辦？植葬是挖個穴直接將骨灰埋入裏頭，穴裏會不會都是水？8月8日早上雨漸漸小，親友們來了不少，過程中播放孩子認真剪輯的你的回顧影片，背景音樂蕭邦夜曲，我和孩子分別寫了悼念文，悼詞不該是禮儀公司制式的煽情文；家祭和親友的捻香告別，會場最後響起的是你之前為自己告別式選定的曲目：夢中的婚禮、星空下的鋼琴手、離別曲、送葬曲的鋼琴聲。

你是好命的，雨停了，我只能送你到殯儀館（習俗如是），羽化飛仙的那段路由孩子陪你，羽化館非常人

性，尊重亡者、體諒家屬，個別敞亮的空間，不和其他人混雜擁擠，安靜莊嚴；羽化門打開、電動軌道將棺木送入火化、軌道內小燈泡閃亮，像是星空迎接往生者羽化登仙，門再度關閉。我們將你的牌位引領回家安置，恭請師父誦經祈福。下午陽光燦爛、天藍雲高，再到羽化館領取你的骨灰，走到下方的詠生樹園區D610，一層鮮花、一層你的骨灰層層放置，你這輩子最浪漫的時刻，各種鮮花層層相伴，鳥叫蟲鳴歡迎你在此安息。

去年父親節，謝謝親友們來送你最後一程，嵐朵再見！

今年我們在心裡輕聲對嵐朵你說：「父親節快樂！」

29
Lumdo盃紀念橋牌賽

　　事情的發生，總有契機的因，加上助緣，才有最後的果，Lumdo盃橋牌賽就是如此。嵐朵離去之後，我管理他的Fb、Line社群，嵐朵臉書動態回顧出現他曾經參加的橋牌賽照片，觸動我的感慨，俱成往事，橋友蔭宇回應說可以辦個紀念盃橋牌賽，開啟了因緣，當下觸動為嵐朵辦紀念橋牌賽的念頭。

　　橋牌和橋牌賽因為嵐朵粗淺知道，辦橋牌賽？只能找他的朋友們幫忙，首先想到的是交大校友會，以前偶爾和嵐朵去閒晃，2021年12月找了校友會秘書美靜討論，想辦嵐朵的紀念橋牌賽，嵐朵在校時是交大橋藝社社員，工作後回校擔任橋藝社教練多年，在交大舉辦最有意義，活動中心是適合的場地，美靜說可以找橋藝社冠瑄幫忙，和蔭宇聯繫，蔭宇開了個Line群組開始討論。

　　凡事得因緣俱足，哪個時間最適宜？需要蔭宇、冠瑄幫忙，我希望在嵐朵生日的12月舉辦，年底橋協賽事活動多，得看橋協行事曆，不致和其他賽事撞期，初步選了10月15日，嵐朵同學阿彪教授告知那時有大專盃橋牌

賽，日期調整爲10月9日，日期和場地確定才可以往下個步驟進行。3月約了新竹小組成員聚會，群組又加進幾位幫忙的成員，先了解辦橋牌賽的基本準備事宜，像租借場地、找裁判、做牌……，原則敲定等7月時借場地。

事情總出其不意，6月中冠瑄在群組通知：10月9日亞洲盃在印尼舉行，日期勢必得更動，我眞的很想幫嵐朵舉辦紀念橋牌賽，趕緊聚會討論，一個疏忽約了個交大LaLaKitchen餐廳不營業的日子，臨時改到清華水漾餐廳，以嵐朵的個性應該是趣味聯誼方式的橋牌賽，他又愛喝酒，橋牌賽就叫「Lumdo啤酒盃紀念橋牌賽」，交大活動中心場地約可容納二十桌，麻煩冠瑄以交大橋藝社名義借場地，確定相關事宜，多多麻煩蔭宇和冠瑄，我完全不了解。

幾次討論，更新資訊，最後確定紀念盃橋牌賽爲雙人賽，2022年9月24日舉行，感謝橋友、校友會幫忙，向橋協借牌、橋友當裁判、借場地，嵐朵同學阿彪教授架設報名網站，基本定案。應該設計海報，幾經考慮找姪女（弟弟的女兒）設計，告訴她我的想法，給了幾張照片和曾經的旺宏盃海報當參考。

8月中海報完成，感覺不錯，傳給群組也分享到嵐朵臉書，希望橋友們報名參加，因嵐朵讓橋友相聚一堂，雖名橋牌賽，更希望是歡樂的聯誼。比賽場地在陽明交大活動中心四樓，午餐在浩然圖書館地下室國際會議廳前，供應啤酒、餐點，有嵐朵就該有酒，他常說「打醉牌」，喝酒微醺最好，下午還得繼續打牌。

9月14日賽前聚會，做細節上的討論，9月23日的場地布置，賽員報到，識別證名牌製作，賽制、賽程，為開車賽員準備一日停車券，對我而言，辦橋牌賽、賽制、賽程完全不懂，可以幫忙的就是餐飲的預訂；從發想到橋賽開始歷時數個月，謝謝橋友、交大校友會、交大橋藝社大力幫忙，讓Lumdo盃紀念橋牌賽得以實現。

賽前一天有幾個小插曲，活動小組很認眞還是有些小疏忽，忘了在公告說明活動場地、停車場的位置；冠琯突然發現沒有叫牌盒，急著向橋友楊先生求援，電話一直未接通，冠琯在晚上十點多直接衝去找人；預定場地有人辦活動到晚上十點，十點過後才能布置場地，前一組借用的系卻未準時離開，交涉下對方說他們事先聯絡了下個場地借用單位，天哪！僑聯社和橋藝社也差太多了，對方說要到十二點，我們不肯，互讓一步，十一點對方撤離，布置完畢十一點四十，疲累啊！

賽事日期首選嵐朵生日的12月，和橋協的各項賽事衝突而多次變動，最後敲定9月24日，早上走路到賽場時一個想法閃過腦海，民國69年初遇，就是9月教師節連續假期和交大EE71頭城露營，這時間舉辦眞是一個巧合。天氣陰微涼，九點鐘到活動中心，幫忙的人員已多位在現場了，就定位準備迎接橋友報到，橋友之外也有嵐朵的好友、學弟來賽場關心這爲嵐朵舉辦的活動，一個和橋友互動的機會，有認識、有不認識，給人溫馨的感受。

Lumdo盃紀念橋牌賽定調爲橋友歡聚，得獎名次取前五名加上五個幸運獎，謝謝校友會陳執行長提供了小禮

物，參加者人人有獎，更謝謝執行長前來頒獎。十點簡單開場，啓英橋友寫了懷念文，請他讀誦表達謝意，之後，請裁判宣布開賽。我們其他人場外閒聊，少不了講講嵐朵的故事，時間就這麼過去，將到烘焙店送餐的預定時間，我們往浩然圖書館B1走去，廠商準時送達，有充裕時間布置餐點。

午餐採自助式，中西式餐點：米粉、素炒飯、貢丸湯，小點有滷味、珍珠丸子、魚翅餃、燒賣、蟹肉沙拉、檸檬塔、天使蛋糕、乳酪燒、芋頭小元寶、洋芋泥沙拉（素）、乳酪三明治（素）、法式吐司，甜點為蛋奶素，飲料有冰紅茶與啤酒，亮點是蔭宇贊助的鮮釀啤酒，沁涼好喝！經驗不足，甜點多了些，只好請大家打包。比賽中場用餐時間一個半小時，橋友在享受美食之餘，輕鬆愉快地天南地北閒聊，橋友歡聚一堂，以牌會友。

下午賽事開始，非賽員的我們收拾用餐場地。賽事準時結束，橋友更是幫忙收桌椅，清空場地；成績很快出來，為比賽成績優異的橋友喝采，也為抽到幸運獎的橋友鼓掌，感謝所有一切因緣成就今天的橋牌賽，比賽圓滿落幕，謝謝大家。期待來年再相聚。

【第二部】

相遇相伴

攝影：林星妍

01

頭城初識

　　民國69年（1980），交大電工系邀請本系迎新露營，學校因男生上成功嶺遲至10月開學，新生尚未入學，只好改成EE71和我們班露營，時間選在教師節連續假期，地點是頭城海水浴場。班上女生參加人數少，拉了一個大一學妹，加上幾位外系女同學，兩班級的聯絡人事前幾番協調，敲定相關事宜，等待活動來臨，這是我第一次露營。

　　活動當天，雙方派幾位同學先到現場做些準備，看場地、分配用品、畫海報等事宜。據說EE71的江蛋唱了一路的《在那銀色月光下》，有人聽到耳朵長繭嗎？一群人坐火車到頭城，下了火車直往頭城海水浴場（幾年前兩人舊地重遊，海水浴場沙灘消失，堆滿消波塊，不勝唏噓），露營區已站有數人（先到的人），嵐朵也是其中之一，很難不注意到他，一頭胡亂捲的頭髮、短褲，不修邊幅的造型。

　　人員分組，和我同組的記得有劉二、嵐朵，還有……忘記了；分組完畢，分配毯子、睡袋、帳篷，EE71做事仔

細考慮周到，秋天海邊夜裡冰涼，光毯子是不夠的，他們多準備了睡袋，不然，晚上鐵定凍斃；男生動手搭帳篷，女生旁邊看著，幫忙拉拉繩子，他們蠻屬害，很快搭好帳篷。各就各位、放好東西，海灘玩耍去。

　　海灘戲水當然穿短褲、拖鞋，堆沙堡、丟沙球，大夥兒都挺投入，可是有個人 —— 嵐朵，雙手抱胸站在遠遠沙灘高處，看著我們戲耍，好奇會殺死一隻貓，我走過去，問他為何不和大家一起玩？他說一旁看著沒啥不好，不和大家一起玩，那來幹嘛？我的腦袋不能理解。劉二、嵐朵躺在沙灘上，幾個同學想了點子，用沙將他倆埋得只剩頭部，覺得有趣，他倆只是假裝生氣，還是挺紳士風度的。

　　大夥兒更向海的遠處玩水，EE71有同學託我拿相機，因為要玩騎馬打仗，我把相機交給他們同學，誰接手？我講不出來，剛見面名字不知道啊！有點遺憾相機丟了，發生這樣的事覺得難過，那個年代相機很昂貴；相機丟了，這次活動沒半張照片，我真的沒有隨便放。騎馬打仗三人一組，兩男一女，女生站在男生肩膀上，不好站，生怕跌下去，二十歲在海邊玩騎馬打仗，很難得的經驗，此生唯一一次，比了三次吧？我們這組輸掉了遊戲。

　　晚餐分給各組一筆錢，自行決定煮什麼，很難不記得劉二、嵐朵，劉二做得一手好菜，我們小組的菜都是他炒的，嵐朵的燒酒雞讓我以為他很會做菜，多年後才知道是他第一次煮東西。營地裡充滿燒酒雞的香味，不知道是哪一組煮綠豆湯，人全離開營地，炭爐邊沒人照看，一陣

燒焦味飄來，趕緊大聲問哪一組煮的綠豆湯焦了。

晚上重頭戲，沙灘上營火晚會，柴堆架得好，生火順利，營火輝煌，大夥兒圍著營火玩遊戲，唱唱跳跳，主持人氣氛帶得好，歡樂時光容易過，營火漸漸熄了，時間也不早了，海風陣陣，寒意襲來，晚會結束，各組自由活動，或聊天、或回帳篷休息；我和嵐朵繼續聊天，夜黑風高的海邊，浪聲不斷，一波接一波，越夜越冷，嵐朵把他的毛衣給我，穿上毛衣還是冷，聊了數小時，哪來這麼多話啊！？我的好奇是主因，既然參加活動，為何要當旁觀者？

當年頭城海水浴場設備簡單，浴室是一大通間，地點離營地有一段距離，幾個女生一起去輪流洗，其他人在門外照看，不害怕是騙人，吃燒酒雞好像不能洗冷水澡？冷水一沖，頭暈得站不住，差點在浴室昏倒。第一次露營，睡帳篷，毯子睡袋全上身不覺得暖和。天亮了，各組自由活動，我們這組最懶，賴在帳篷繼續睡，睡不著也不想動，其他小組早去逛街或去五峰旗瀑布了。

和交大EE71的露營活動玩得蠻愉快的，回程還是坐火車，太累了！這段沒記憶。活動後數日，交大EE71寄來活動經費資料，收支平衡，很仔細的態度，班上有同學說，既然對方寄活動收支明細來，我們就得核對回覆，幾次計算金額對不上，差了30元，打電話給EE71，接電話是劉二，我們覺得30元沒關係，劉二說得弄清楚，最後是畫海報的麥克筆的費用未紀錄到，不愧是當年理工科系的第五志願。

※交大電子工程系已併入電機系。

※一直以為露營是劉二主辦，寫了這文章傳到EE71的
　Line群組，阿彪發聲主辦人是他。

02
緣續

　　四、五年級生的大學時代，不同校系聯誼辦活動，如果有心儀對象，男生多會寫信或過些時日再邀約出遊，或幾個人一起約對方的幾位女生再續前緣，爬山、看電影、露營等，後來嵐朵和幾個同學約我們幾位女生見面，他們來政大，政大附近的景點就屬指南宮，我懶惰型不愛動，應該是第二次去指南宮，沿著步道階梯拾級而上，兩側青苔滿佈與日式風格的庭園燈座，林蔭蔽天走起來還算涼爽舒服。

　　從未打過保齡球，我的活動多是看電影、泡咖啡館或旅遊，運動類掛零。他們請我們打保齡球，一向喜歡撞擊聲，有種宣洩的快感，像撞球，桿子一推、兩球撞擊的響脆聲；沒打過保齡球，電影上看過，球撞擊球瓶也是爽快，我初試啼聲，想也知道，姿勢笨拙不說，球拋出去也丟不準，球免不了一直洗溝，也是個有趣的體驗。

　　打完球是否共餐，或有其他活動，真記不得了。嵐朵和我書信往來，用的是交通大學電子工程系信封，很少人會選系信封，又不是公文往來，標準理工男。那個年代

交大學生百分之九十幾是男生，跨校聯誼來認識更多異性朋友，活動中遇到心儀女孩，多靠寫信，互有意思單獨約見面，好同學還會在信箋上幫忙，EE71不知道是誰的點子，有封卡片寫滿我的暱稱，饒有趣味。

我暱稱「豆豆」，卡片上豆豆字形被調整，口寫成O，OO點了一圓點，豆豆像兩隻對望的鳥，也像隻貓頭鷹，可惜沒保留。嵐朵是他的暱稱，當時沒英文拼音，所以回信我都稱他「凸肚」，就是有肚子，現在看他年輕時的照片，也不真的有肚子，這綽號取得不易理解，後來他即使瘦，肚子真的不小，工作後他就將有肚子的閩南語用英文拼成「Lumdo」，而這也成了他的英文名。

之後11月吧？嵐朵他們又邀我們幾個露營，到石門水庫的阿姆坪，第三次露營，和EE71露營後的十月，清大工工系也邀請本系迎新露營，這次的活動辦得不好，餐食不好，蓋的毯子破舊又滿是灰塵，活動後未給出經費明細，感覺EE71強多了。六、七個人去阿姆坪露營吧？記得有江蛋、鈴鈴，其他人是誰記憶模糊，怎麼去的？也忘記了！湖光山色宜人，男生很快搭好帳篷，旁邊有遊客服務中心，我們去服務中心餐廳裡玩撲克牌——拱豬，男生女生初識，這時候男生多會作牌給喜歡的女生讓她贏，博取好感唄！

記憶很深刻的點是，半夜下大雨，帳篷進水，大家狼狽爬起來收拾，去服務中心躲雨，等啊等，時間分秒過去，雨下不停，後來嵐朵騎著他的速克達機車去客運站查看汽車時刻表，輪流載我們先去搭車回台北。阿姆坪露營

的狼狽模樣，濕答答、髒兮兮，我們覺得應該幫點忙，就把又髒又濕的睡袋拿回政大洗乾淨，他們應該是累爆了。

　　大三暑假，EE70畢業入伍前，有人請我同學找人露營，也是去阿姆坪，下午天氣晴朗，男女一組划獨木舟，挺害怕，不會游泳啊！和我同划獨木舟的竟是我高中同學哥哥中一中同學，聊得很開心，很不錯的經驗。隔天坐船到對岸，天色突變，領隊決定撤離，搭最近的一班船回阿姆坪，嘩啦嘩啦！傾盆大雨，又是下大雨的露營，之後，露營敬謝不敏。

　　阿姆坪露營後不久，嵐朵在學校發生吐血情事，原因是十二指腸出血，他的同學真是好情誼，特別寫信告訴我，請我繼續寫信給他、鼓勵他，多年之後我倆交往；他班上同學捐了不少血給他，是他的救命恩人，這裡再謝謝EE71的同學。

03
電信系聯誼

　　嵐朵大四、我大三下學期，交大電信系和我們系聯誼，本系對口單位是我們班，集合地點是新竹交大博愛校區，晚上舞會，結束後夜遊青草湖加烤肉，我參加了這次活動。行前告訴主辦人別相信對方所說「女生三十至四十人」，她不信真找了三十多個人參加，下午到了交大博愛校區，電信系人呢？一票女生被晾在博愛校區草坪上，出現一兩個人打招呼就閃了，稱說晚上舞會聯誼才開始，這不是待客之道。

　　我和兩三位死黨的同學一起，忽然一個男生走過來和我說話，問我記得他嗎？實話，不記得，他說他是中一中的，我高中室友的國中學長，這才想起來，他說主辦人不太負責，舞會前空檔我們得自己逛逛找事兒做，男生沒見到漂亮女生活動前多不會出現，天哪！意思我們不是美女或到得太早？

　　班上同學二哥電信71，嵐朵是她二哥很要好的高中同學，她知道我認識嵐朵，所以她跟我提過幾次她哥和嵐朵是好友；晚上舞會好像在交大餐廳（？忘記了），有位

男生走向我，猜到應該是我同學的二哥，長得有些相像，話題怎麼開始的不記得了，反正提到嵐朵就是了，他問我要不要去找嵐朵，好啊！下午的感覺不好，而我也不會跳舞，藉機離開何嘗不好。

三個人一起吃東西，好像有人點餛飩湯，也點了幾盤小菜，時間晚了，大夥兒準備出發夜遊青草湖，我和死黨覺得太累不想去夜遊，臨時哪找住宿啊？怎麼辦？嵐朵真是好人，說他的寢室只有他一個人住，可以讓出來給我們睡，他去同學寢室擠，所以就睡五舍，他還用電湯匙煮綠豆湯給我們吃。難得的經驗睡男生宿舍，不怕是騙人的，但想到一夜不睡走到青草湖就……還是睡覺吧！同學相伴、門鎖好，還行。第二天一早尷尬了，洗臉、刷牙、上洗手間，碰見交大男生，對方一臉曖昧，動作迅速，快閃。

記憶模糊，嵐朵找幾個有機車的同學載我們去青草湖之後回學校，中午過後沒多久活動結束，到新竹客運搭巴士回台北，等車當下打電話到交大宿舍找嵐朵，謝謝他的幫忙，幾年後提起這事，他幹了一聲說：「睏死了！幹嘛打電話說謝謝。」我好像謝錯了！六月畢業季節，覺得該寫封畢業卡祝福也再次謝謝嵐朵，所以寄了畢業卡。

嵐朵的回函是隔年六月，他寄了張畢業卡到系上，祝福我畢業。我一向對當兵的人很尊敬，保家衛國啊！高中時學校發起一人一信寫給前線弟兄，我們很認真寫了，朋友或朋友的家人入伍，我都認真寫信，因為當兵真的很無聊，軍中收到信挺快樂的！也是這樣的理由，我寫了回

信謝謝，開始了書信往返；如果，沒有這次和電信系的聯誼，他同學沒問我去找嵐朵，應該沒有後來嵐朵朵的故事。謝謝交大電信系啊！

04
軍中書信往返

　　畢業卡開啓再連絡的緣分，當兵對很多男生而言很無聊，朋友當兵的時候寫信給我，我一定會回覆，能收到朋友來信是值得高興的事情，嵐朵寄來畢業賀卡禮貌上當回謝，何況他正在服役，肯定希望接到信件，就這麼又開始通信。

　　民國72年大學畢業，馬上迎來人生低谷，7月初，最疼我的大伯父車禍身亡，大伯父從小手把手的教導我生活智慧、社會險惡、家族情感等等事情，大伯父的離世衝擊不謂不大；公職考試失利的挫敗感縈繞於心，準備不周怨不得人；約莫10月吧？媽媽在浴室休克，幸好及時發現，充滿無力感、挫折感，順遂日子突然走樣！

　　媽媽朋友工廠員工花東旅遊，媽媽讓我去散心，和表姊一起去。行程中經過頭城，更多感慨上心頭，想大學時多麼快樂，頭城露營很棒的活動，和當下兩相對比，一股酸澀滋味上心頭。這時候回嵐朵的信，提起當年相較如今，一在天一在地，他聊得來也懂得我的心境。

　　上台北找工作並不順利，當過一個月業務員，鼓如

簧之舌要人買自己都不相信的商品我真沒辦法，曾在婚友社工作，沒幾天就離職，假日要上班不喜歡，轉中視攝影禮服當經理秘書，原來老闆是找老婆，一星期說再見；台北待著，爸爸供應我食宿生活費。嵐朵在台南官田當兵，陸軍少尉排長，有時閒著無聊，放假偶爾北上找我，聊些軍中趣事。

　　台北待著，沒事、無聊時我就會去阿姨家和表姊哈啦，逛萬華夜市、吃吃喝喝；有回我媽媽來台北找阿姨也看看我，嵐朵恰巧來找我，和我一起去阿姨家，同桌吃飯，我媽媽對他第一印象不好，因為他把手撐在餐桌上。我不在意、也沒說，他又不是我男朋友，也不是結婚的對象。

　　那年多天初吧？覺得自己還是喜歡朝八晚五的公務員工作，打包回家準備繼續公職考試，沒工作住台北花爸爸的錢還是過意不去，我離開台北回家。程度相當的人有很多事情可以聊，和他持續寫著信，這段時間我算認真讀書，沒上補習班，不了解公職考試的相關資訊，買大學用書、參考書又讀又背，民國73年敗在不知法條變更，努力不見成果很是挫折，來年再努力。

　　民國73年春天考研究所季節，還未退伍的嵐朵寄信來，裏頭還附了一條貼有他照片的心型項鍊，我退回了，雖然聊得來，可是，同姓不婚，我家蠻傳統的，兩人都姓陳，另一個原因，我不喜歡頭髮很捲的人，他的亂髮我見識過。他應該覺得挫折、受傷吧！之後，雖有聯繫，轉淡了些，數年後，聽江蛋說起嵐朵那時在軍中嘔吐了，他不

承認。

05
交往

　　情況有些轉折，嵐朵退伍後，進新竹科學園區半導體公司工作，九月，備取上交大電子研究所，他辭職回交大念書，他的態度稍轉積極了；這時，我堂妹和同姓的男士交往論及婚嫁未被阻擋，我覺得或許可以試試，信件的內容開始提出一些家庭觀、金錢觀，觀念挺相近，偶而在台中見面，有交往意願，我問他：「伴侶相處以集合的兩個圓作比喻，同心圓、不相交的圓、四分之一相交的圓，你選哪個？」他選了四分之一相交的圓，而他提出一個條件，「太太要自己帶孩子」。

　　他真的頗適合我，雖說堂妹的同姓婚事沒問題，傳統農家我爸媽會接受嵐朵嗎？婚姻需要親人、特別是父母的祝福，準備交往前，先邀請他來家給爸媽看，如果爸媽反對就放棄，雙方不會太受傷。總得找理由，教妹妹電腦成為他到我家的藉口，家人多猜得到這背後的緣由，那是民國73年冬至。爸媽似乎沒太多意見，但「同姓」爸媽還是有點顧慮，家族四房叔公家的堂哥（他妹嫁給同姓）說他可以說服我爸媽，三堂姐夫極力贊成，稱讚嵐朵貌相

好、學歷佳，雙方祖籍一福州一泉州，八竿子打不著，台灣五代內無親戚關係，沒啥好擔心的。

　　嵐朵認為我爸媽並未表現不悅，直接的下星期再來我家，鄉下晚上沒什地方去，那街上逛逛看二林小鎮的夜晚，我忘了鎮上不是親戚就是爸媽朋友，有些人看到我兩在街上走，第二天我媽上市場買菜，就有好事者問東問西，鄉下就怕閒言閒語，嵐朵連續來了三、四次，我媽直接問他：「你來我家拜訪、過夜，若覺得我女兒不錯，有意願交往，請先訂婚，若覺得不怎麼適合還要考慮，請不要來家裡，我家經不起閒話。」

　　嵐朵直接答應，會回去告訴他爸媽，他爸媽應是受了驚嚇，不曾聽他和女生交往，一知道就是要訂婚，他的個性剛硬不易妥協，他爸媽不敢阻擋，民國74年4月8日我們訂婚了。嵐朵最喜歡這麼說：「我老婆追我的，我岳母向我求婚的。」我媽希望年底結婚，怕夜長夢多有狀況；他才剛念研究所，無經濟能力，他媽希望他研究所畢業後，那就等他念完研究所吧！民國75年我倆討論結婚時程，他媽希望延到年底，嵐朵不願意，覺得拖太久，往返新竹二林需要搭火車轉客運，時間長且累人；他選擇公證結婚，他媽媽同意了，回說她本來就希望我們公證結婚，當然，我家明白她媽媽不滿意這門婚事，只是擋不了兒子的意願，民國75年初夏，我們在新竹地方法院公證結婚。

　　婚紗照是一定要的，嵐朵還是研究生，他說他只有兩萬元，我呢？想要有漂亮婚紗、美美的結婚照，我回他

不足的部分我自己出；西門町婚紗街《巴黎禮服》量身訂製，我這嬌小個兒不訂製，大概很難穿得好看，同學羅羅陪著我逛婚攝店，婚攝店有配合的化妝公司，婚禮過後才拍婚紗照。拍婚紗照對嵐朵是配合，預定拍照時間才從新竹匆匆趕到，隨便梳了頭髮就上場，只能苦笑，婚紗照新娘才是重點，林莉化妝不給試妝，斬釘截鐵不會失敗，那天妝很快畫好，攝影師剛休完假心情好，拍照也是很快收工。我自己到西門町還婚紗，禮服公司的櫃台小姐說妝很漂亮。

06
第一個小窩

　　嵐朵研究所畢業，進竹科半導體公司工作，因而婚後定居新竹，需要有住的地方，找房子、看房子，平日我搭公車找房子，假日嵐朵騎機車載我四處找，累得昏頭，出租的房子少，找不到滿意的房子，倆人討論既然花這麼多時間看房子，乾脆買房，一次時間搞定房子，找房看房太累了！因為相信風水與靈異，看了不下上百間房子，最後選了位在空軍基地和空軍醫院分院的一間四房四十三坪的透天成屋，不怎麼喜歡，考量負擔貸款的能力，安家先求有，努力存錢未來再換房子。

　　當時流行車庫上方複式樓層（車庫不必太高），丁字路口邊間不大的透天厝，院子分成兩個小三角形，朝南的小院子圍牆圍住無出入口，根本無法使用，朝東的小院子是出入口，感謝公婆幫我們出自備款，娘家爸媽給了裝修、買家電的費用，讓我們有個溫馨小窩。找了市區中正路一家設計公司裝潢，一樓室內十一坪，利用櫃子、隔屏分出客、餐廳、廚房各個區域，設計師利用雙面櫃區隔餐廳和廚房，格子玻璃窗的拱門，當時不流行開放空間設

計；低矮的電視櫃、連接客餐廳的造型隔屏，全是白色烤漆平衡深綠色大理石地板。

　　車庫上方往二樓樓梯轉彎的房間是書房，日式格柵拉門糊著竹子圖案的新材質和紙，實木地板的通鋪，靠窗的牆有著大書桌，連著另一面牆頂天立地的書櫃和被櫃，被櫃糊著日式風格的壁紙做為收納空間；二樓兩間臥室，朝馬路的是主臥，半開放式隔牆，分出走道和睡眠區，上頭正方形隔柵，下方做成床背板，不到五坪的房間設計成複式地板，床墊直接放在地板上，視覺較開闊，與床平行有白色烤漆雙扇拉門的衣櫃和梳妝台，牆面粉紫色帶著浪漫的色彩。有兩間臥房沒裝潢，手上得留幾萬塊錢以備急用。

　　婚前嵐朵要求我自己帶孩子，所以養家、房貸就他一肩扛，每個月的薪水一半給了銀行，生活過得挺緊迫，我就理所當然的一個月有十天半個月住娘家，有爸媽的疼愛，也當女兒賊，回新竹時媽媽準備日常所需給我，省了不少錢。房貸讓初入職場薪水不多的嵐朵倍感壓力，他竟然花了5千多塊錢買剛上市的Walkman，半個月房貸啊！人有壓力，紓解方式有時候不太理性，我抱怨他，他承認壓力大花錢消費抒壓，他答應不會再發生。

　　我從小手頭寬鬆，很少為錢苦惱，嫁為人婦，面對柴米油鹽才知持家不易，我倆共同目標：節儉盡快還完房貸。我媽說孩子整天包尿布不好，容易尿布疹，孩子七、八個月後，除了睡覺、外出都不用紙尿褲，準備許多小褲子，尿濕了就換褲子，多了就趕緊手洗脫水曬乾，省不少

紙尿褲的錢耶！那幾年穿著菜市場買的一套一百塊錢的棉T，孩子尿尿在自己衣服上不心疼；好點的衣服我媽會幫我做，我妹會送我鞋子；那幾年會買漂亮衣服，就是兩人偶爾吵架鬧不愉快，想離家出走不知去哪兒？就花錢「出氣」，笨啊，錢可以還房貸啊！

07
那一年的耶誕節

　　大學畢業後我沒上班，在家準備考公職，成為男女朋友交往時，嵐朵即提出孩子得自己帶的條件，沒考上也恰好，因為不工作，婚後常常回娘家，吃住爹娘，過著被爸媽疼愛的女兒的日子。民國75年的12月24日清晨開始陣痛，電話通知上班的嵐朵，他趕緊請了假，要暫住家裡的學弟送他到火車站搭車，學弟戲稱「耶穌要誕生了」，還真拖到12月25日才生出來。那時他研究所畢業剛工作幾個月，一個人賺錢養家，無多餘閒錢買車，移動只能靠大眾運輸，從新竹搭火車到彰化轉員林客運，急匆匆來二林陪我。

　　為了生產順順利利，嵐朵陪我樓梯上上下下走了幾個小時，痛得難受，低聲呻吟免得被我媽責怪「一點痛都忍不得」，哪是一點痛啊！午飯後到媽媽好友（稱他舅舅）的醫院待產，又幾小時過去，幾無進展，持續地走來走去，無奈抱怨，第一胎都得這麼折騰嗎？舅舅臨時有個會議，請值班醫生關心留意，特別交代他會親自幫我接生，興許是醫生太年輕，或是看我已痛了十幾個小時，竟

告訴我轉院較好，可是舅舅交代了啊！

　　已是晚上七、八點鐘，舅舅還沒回來，那就聽醫生建議轉院吧！請三堂姊夫開車送我們到彰化基督教醫院，一路顛顛晃晃，臨時轉院又是基督教醫院，12月24日晚上平安夜啊！只留住院醫生和一位總醫師，情況無絲毫進展，住院醫生建議剖腹，總醫師則認為都痛了有二十小時，試試看催生吧！打催生藥、接上監視儀器，護士就離開了，幸好嵐朵警覺，發現監視器顯示情況不妙，急忙通知護士，是胎兒對催生藥物過敏，放棄催生一事，總醫師要我到產台試著生產，折騰到12月25日凌晨，孩子終於出生到這個世界上。

　　護士通知嵐朵看小嬰兒，他嚇了一大跳，全身皺巴巴，看起來很醜（新生兒脫水多是皺皺的），他說：「如果不是只有我家寶寶剛出生，一定是抱錯了，我家孩子應該很漂亮。」臨時轉院只有十人房可住，小小一個床鋪，陪伴者的折疊床也一樣，其他床不時傳來吵雜聲，著實讓人難以入眠！兩天趕緊出院回娘家，期待好好睡，足夠的休息，那只是期望！

　　小嬰兒竟然每天才睡八、九小時，還是下午到晚間，我媽、我妹和我夜裡三班輪，半夜邊餵孩子喝牛奶邊打瞌睡，就這麼奶瓶掉落地上，喀啷！玻璃奶瓶摔破了，人也驚醒了！我妹比較厲害，可以一邊睡一邊用奶瓶餵娃兒喝奶，很感謝我妹，她還得上班，我媽帶清晨的時間，大家都挺辛苦的；小嬰兒醒著沒人抱就哭，為了讓我休息，我媽一早買菜、洗衣服，揹著小嬰兒做家事，一天煮

五餐給我吃,未滿月的小嬰兒就揹出門上市場買菜,我媽都騙人說滿月了。

　　每天家裡的伯母、嫂嫂們想盡辦法,哄這個小娃兒,招數用盡,沒轍!所以取了個小名「皮皮」,辛苦了他外婆、阿姨和一眾長輩;嵐朵假日來,只能算湊數幫點小忙,坐月子期間,我們人仰馬翻,謝天謝地,小娃兒滿月後很好帶,誰抱都好,不哭不鬧,外婆最愛用推車帶他去市場買菜,給他兩根舅婆賣的烤雞爪,啃得乾乾淨淨,第一個孫子佔先機的便宜,外公唯一揹過的娃兒就是他了。

08
胎位不正的驚奇

　　計畫生兩個小孩，既然自己帶孩子，就盡快生完，待孩子上幼稚園，可以規劃人生另一階段，民國76年底懷孕了，不幸沒兩個月流產了，緣分不夠吧！沒避孕，很快再懷上了，四、五個月發現胎位不正，醫生建議我每天四肢著地的跪姿跪十幾分鐘，一個多月後，胎位轉正了，蠻高興的。

　　連兩個月胎位正常，又一個月產檢，嗚嗚！胎位又不正了，醫生建議我繼續跪，每天跪，跪得我手腳疼痛的受不了，放棄！每次產檢照超音波，答案總是胎位不正，告訴我媽：「胎位不正可能得剖腹。」我媽不以為然地回：「又不需要，你那麼想剖腹？」我當然不想，可胎位不正生產有風險哪！

　　10月4日預產期，9月底仍不見胎位轉正，幾乎足月，我個子嬌小，讓一個將出生的胎兒在子宮內翻轉應是沒啥空間。每天傍晚都會在巷子散步，10月3日傍晚散步時，突然肚子一陣翻攪扭動，極度不舒服，回家休息。隔天準時到婦產科報到，醫生看著超音波螢幕畫面，眼睛睜

得很大一臉驚訝,在病歷上畫圖,之後對我說:「胎兒的胎位轉正了。」哇!胎位轉正,我不敢告訴醫生我根本沒行跪姿。

　　打電話問在婦產科擔任護士的表姊,也詢問當醫生的小叔,他倆都說到了預產期胎位轉正的機率很小;胎位轉正可以自然生了,10月6日晚上有徵兆,到光興婦產科待產(火車站前中正路上),第二胎雖然不像第一胎二十幾個小時,還是得八、九小時,胎兒頭太大,花了一番力氣終於生出來,嵐朵產房陪產,膽子小,一半就離開,他說心臟快要休克了。

　　留院的那幾天,你上班前先來看我,問我想吃什麼?沒食慾,我只想喝熱的綠豆沙,你會去文昌街的神仙買來再去上班。老二出生五天,嵐朵就到美國紐澤西出差七個星期,回來連續加班半年,老二到三、四歲那時,如果起床第一眼看到的是他,就嚎啕大哭,銘記印象很重要喔!生老二在新竹,那時節公婆恰巧有假,來了十天左右,待10月12日嵐朵去美國出差,他們回高雄,我媽來接我回娘家繼續做月子。

　　老二眼睛很大,睜著圓滾滾的眼睛,活像可愛的小猴子,月子裡很乖,安靜的睡,準時喝奶,不哭不鬧;出月子後還是乖,可有個大麻煩,不讓別人抱、很黏我,苦了我這個做媽的,不是抱著、就是揹著,看不到我就哭,上洗手間都得將他放在床板靠洗手間的地方,我講話讓他聽到,神經緊繃著。老二小時候漂亮直比女孩,安靜害羞,感情細膩敏感,小娃娃時一臉正經地講一些話,讓人

難以招架，不容易回答。

　　最經典的像是「媽媽，我長大結婚和我老婆自己住」。我很驚訝的問他為什麼？他回我：「大家都這樣啊！」他觀察細膩，我們和鄰居都是出外人，沒和公婆同住，我解釋「堂舅舅和伯公伯婆同住，爺爺奶奶上班住高雄，高雄離新竹太遠，一趟車要三小時，所以沒辦法同住」，他想了想：「好吧！我和你住。」問他：「那爸爸呢？」「不要！他好兇！」

09
媽祖娘娘送來的禮物

　　結婚來到新竹，住在中正路底（452巷1弄1號），臨近空軍基地和空軍醫院，有宗教信仰，媽媽要我初一十五到媽祖廟拜拜，也就這樣和長和宮外媽祖結緣。計畫生兩個小孩，生了兩個兒子，嵐朵和我很想有個女兒，可是誰能保證一定生得到啊！想是想……，養三個孩子得仔細考慮，不能衝動。

　　全職主婦自己帶孩子，常常回娘家，可以享受為人女兒的待遇，小孩也有娘家人幫忙照顧，民國79年初夏吧？回娘家沒事到街上逛，遇到同學妹妹問我是不是懷孕了，回說沒有，不以為意；隔天上市場堂舅舅女兒的婆婆對我說：「妳懷孕了！」我一臉驚訝回道：「沒有！」有避孕竟然連兩個人這麼問，心裡有點疑惑，晚上到檢驗所驗孕，圖個心安，天哪！真的懷孕了，保險套避孕失敗率很高！

　　沒有心理準備，已有兩個兒子，若又是兒子？情緒有點低落，打電話給在新竹的嵐朵，他倒蠻接受的回我：「生男孩，別人會說妳很厲害；生女孩，旁人會說妳好

命。」心裡很想生個女兒，這胎會是女兒嗎？嵐朵說到長和宮拜拜時，他都會祈求媽祖娘娘送個女兒給我們……，回新竹後到長和宮拜拜，抽籤問懷的是男孩、女孩，籤詩意思是不必問，到陰曆八、九月就知道了。

　　我就是不死心，到其他地方玩，有媽祖廟就拜拜抽籤，籤詩說「生男」，心裡不好受，初一十五依然到長和宮拜拜，有些婆婆媽媽見我帶兩個小孩又挺個肚子，都對我說「這胎肯定是男生，看肚子就知道」，安慰我嗎？兩個兒子很秀氣像女孩，我只能苦笑說謝謝，我是想生女兒啊！陰曆八、九月產檢時，醫生告訴我說：「從超音波螢幕看是女生。」我沒被振奮到，有時候會看錯啊！

　　民國80年一月初，光興婦產科的醫生突然告訴我另找醫院產檢待產，蛤？預產期附近醫生要出國度假，選擇新竹頗有名的林鴻偉婦產科，二月寒假教書的公婆能來幫忙，所以在新竹生產。2月14日早上感覺有生產徵兆，嵐朵陪我去診所，醫生認為情況是快生產了，住進病房等待，到了傍晚，狀況和早上差不多，2月14日是除夕，問醫生可否回家吃年夜飯再來？回到家裡吃過年夜飯，先洗澡洗頭尤其是洗頭，得忍一個月不洗頭啊！雖然經歷過兩次了。

　　八點多，嵐朵說該到醫院了，情況有進展，嵐朵打電話給我爸媽，我爸媽討論是否是女生，我媽說如果是女生，十一點以前一定會出生，過十一點即是子時，已是羊年初一，就是男孩，我爸說不能是初一的羊寶寶是女生？結果接近十點出生，馬年最後一個時辰，和世界打招呼不

到兩小時就兩歲。

　　孩子生出來當下，問醫生是男孩女孩，醫生回是女孩，反問我妳先生想要男孩？不是！我們很想要一個女兒，有兒有女好幸福，女兒生日雙重節日，除夕也是情人節。初五公婆回高雄準備開學，考慮我媽一個人要照顧我和三個娃兒忙不過來，老大和爺爺奶奶回高雄，寄讀婆婆任教小學的幼稚園，我和老二剛出生的女兒回娘家坐月子，留嵐朵在新竹打拼，辛苦他假日來回兩地跑。

　　生女兒好不好？好！嵐朵願意照顧剛出生的女兒，讓我假日出去喝咖啡。他疼女兒，兩個兒子從小就說：「爸爸偏心。」誰叫「女兒是爸爸的前世情人」！

　　※我媽媽是通靈人

10

憶兒時（一）

　　不是回憶我小時候，是回想孩子的小時候。婚後住到一完全陌生的城市，說是城市又不像，沒有百貨公司，也不見咖啡館，很普通的小餐廳，妹妹說那是雞不生蛋、鳥不拉屎的地方，還好很快有了遠東百貨、幾家西餐廳、咖啡館，這個將要久居的城市，沒有親戚朋友，得努力認識新朋友，幸運地！遇到很好的鄰居和朋友，互相交換育兒心得，更是受到許多幫助。帶孩子有哭、有笑、有苦、有樂，全職家庭主婦，沒有經驗，看書兼摸索，向鄰居媽媽學習，且行且學，累得像條狗，不否認也有許多歡笑與樂趣。

　　第一個孩子照書養，也不得不！沒經驗、無人可問，只好從看書下手，「信誼基金會」台灣推廣幼兒學前教育與親職教育的專業服務機構，一口氣買了十九本該基金會出版的育兒叢書，訂閱了近八年學前教育月刊，也買了一些翻譯外國的育兒書，相較之下，信誼基金會出版品內容更適合國人。育兒叢書第一本講的內容記憶深刻，孩子需要探索學習周遭環境，學習過程攀爬跑跳不免磕磕碰碰

碰，弄得一身髒兮兮，要放手讓孩子探索，所以，對保姆的觀察不在小孩乾淨沒有小磕碰，而在用心照顧、讓孩子玩耍，孩子有點小磕碰別責怪保姆。是啊！我這個全職媽媽自己照顧孩子，孩子進出外科診所的頻率高得嚇人，我很用心哪！

　　房子在小巷子路口，鄰居多是才搬來幾年，有小孩子的家庭不少，每天抱孩子到巷子散步，漸漸認識鄰居太太們，有了互動，讓孩子一起玩，交換育兒心得，最感謝的是孔太太，人很好、能幹，一個女兒，我有事時常幫我照顧三個孩子。她孩子帶得好，她這麼教我，買菜回來，教女兒認識菜名，給糖果餅乾講名稱兼數數兒：「一顆紅色的糖果....」，處處是學習的材料，孩子穿衣服，摸娃兒的手就成，手暖和就表示穿得夠了。鄰居太太們不上班，每個人都很厲害，家庭手工貼補家用，或是自己做衣服、窗簾、餅乾、肉圓等的，開源節流，孩子上小學了，大家找工作二度就業去了。

　　學前教育月刊相關育兒知識豐富，有一期講親子共讀，內容很棒！買了很多圖卡教孩子，凌亂又得收拾，孔太太教我的日常生活即學習材料，親子共讀提到說故事書的材料就非常豐富，可以替代圖卡，有顏色、數字、動植物，幼兒可以看圖識物、數數，小小孩可以教句子，再大一點就講故事，每一頁都可以是一篇故事，孩子參與其中就成了「看圖說故事」。親子共讀很親近的親子感情交流，小幼兒抱著，較大孩兒則依偎著在身旁聽爸媽說故事書，溫馨又甜蜜。

信誼基金會有不少幼兒讀物，內容伴隨小孩成長會經歷的學習，經由對書中主人翁的認同，學習生活技能，如：《達達長大了》套書，訓練孩子坐小馬桶嗯嗯，不錯的圖畫書也是工具書。最喜歡漢聲出版的世界兒童讀物圖畫書，和小孩的情感、生活經驗相結合，利用閱讀學習生活會遇到的情境，透過圖畫書，孩子能學到細心觀察，每幅圖畫都有許多細節，當年就用《第一次上街買東西》這本書，讓沒幾歲的孩子勇敢主動去百公尺外的馬路邊巷口小店買東西。總共四套，值得收藏，《漢聲小百科》、《中國童話故事》也是很好的兒童讀物！

　　大力推薦《十四隻小老鼠》，有三、四輯吧！（後陸續新出），我的赤子之心早丟了，只認得幾隻特徵明顯的老鼠，孩子可厲害，每隻都認得。小老鼠大搬家、挖山芋⋯，在大自然生活，取材大自然蓋房子、做杯子、引水管⋯；時間太久記憶模糊，那時小女兒最喜歡這套書。圖畫書很好的親子共讀本，可惜漢聲後來關門了，搶著買缺失的圖畫書，得收藏啊！有個插曲，當年喜歡買童書，可手頭緊，先生覺得我買太多，為了買童書，加入漢聲直銷媽媽，不是業務能手，買了想要的漢聲童書，就說再見，就半年吧！

　　全職媽媽每天和孩子攪和，讀書、唱兒歌也會累，錄影帶買不少，帶孩子讓我重回童年；童書、錄影帶我看的次數最多，陪老大看，陪老二看，再陪老三看，孩子看錄影帶我幾乎全程陪著，解說情節、看孩子的情緒反應。老大較平和少情緒，老二多愁善感，老三就是活潑。宮崎

駿的《螢火蟲之墓》，非常哀傷的卡通，老二和我邊看邊哭，老三只看到片中妹妹的無慮，喜歡《龍貓》，婆婆買了裡頭的妹妹娃娃給小女兒，女兒老揹著。

　　大了些再買的故事書，孩子沒多大興趣，捨不得買了沒人閱讀，只好誘之以利，書看的多零用錢多些。曾經開咖啡店，暑假無法陪孩子，他們也不想去安親班，怎麼辦？買了全套金庸武俠小說讓孩子「練武功」，金庸武俠小說我看得比孩子少，青少年時期我最喜歡看武俠小說，尤其夜裡躺在床上看到天亮，那感覺真不一樣！我的少女時代一去不回。

　　回憶孩子年紀小的時光，帶三個年紀相近的孩子並不輕鬆，如今它是美好的回憶，當年可不這麼想，恨不得他們快快長大，後來才明白不同階段有不同的憂煩，孩子小時候共處的時刻是黃金歲月，過去不再有。

11

憶兒時（二）

　　有了小孩，女人人生的分水嶺，原本飯來張口、錢來伸手的日子變了；媽媽說的從小「手不動三寶」的我，突然變得厲害堅強，做家務、帶孩子，膽子特小變勇敢了，怎麼我這麼有「潛力」？不知道該笑還是哭，笑是自己成熟變強，哭是沒想到走入婚姻生活是這樣的，當爸媽的女兒實在幸福啊！

　　那時候住在近市郊，只會騎腳踏車，附近還有農田、水牛，常騎著腳踏車載老大四處逛，如今舊家區域已是高樓林立，完全不同景象。我很認真帶孩子，可狀況百出，為什麼？我也不知道。曾經夾傷老大的小指頭，也曾讓他的小嫩腳被腳踏車夾傷，嵐朵只好自行做車輪防護板（當時腳踏車沒有防護裝置，得自己做），避免再夾傷，也真奇了，才做好，隔天一早車庫裡的腳踏車就被偷了。

　　有了老二，腳踏車不能載兩個孩子，所以就得騎機車（買車得不少錢，一部裕隆小車先生上班用），唉呀呀！牽不動不會騎，光陽新生代50機車好重，怎麼辦？努力練習牽得動又能架起機車，媽媽得是超人，騎著50C.

C.機車載三個小孩，買東西、看醫生、去公園、寺廟拜拜等……這會兒回想，我哪來的膽子？唉！俗話說「一時風駛一時船」，生活必需如此。高中同學來看我，嚇了一跳，說妳以前啥都不會，現在厲害了！

自己帶孩子，他們老摔跤、受傷，外科診所的常客，臉、手、腳不等的撕裂傷，得手術縫合，大學時看醫生打針還哭，得台北的阿姨陪著，而當下能緊緊抓住哀嚎亂動的孩子，讓醫生縫合傷口，真是為母則強；孩子很天真，還比誰縫過的針數多，好在不是「後媽」是親媽，要不會有多少碎言碎語？孩子爬樓梯，明明後頭跟著，擔心往後摔，哪承想他往前撞，婆婆認為在家帶孩子怎讓孩子常磕磕碰碰！朋友、同學看到我家孩子，猛然覺著他們的孩子是天使。

初一、十五都會到媽祖廟拜拜，懷女兒的當下，總有好心人看著兩個男孩，然後很溫暖的說：「這胎肯定是男孩」，笑著說謝謝，很想說身旁兩個是男孩，我想生個女孩，生三個孩子的人不多，政府計劃生育做得好，「兩個恰恰好」，此一時彼一時，現在政府鼓勵多生娃兒。有年帶孩子去墾丁旅遊，遇到國小高年級的戶外教學，衝著我們喊：「厲害喔！生三個。」

老大老二是男孩，老三是女兒，嵐朵本期待女兒溫柔婉約，哪知女兒悍得咧！活潑好動，到他同學家，沒半小時女兒弄得他家地上滿是水，自己全身濕答答，借他家孩子衣服穿，他同學太太（他們學妹）說道：「你家女兒抵兩個男孩。」安慰自己，時代變了，女生強悍不會被欺

負，女兒和我小時候都不像，更像我妹妹，那時常騙她是阿姨的孩子。

女兒個性強，七八個月只會坐和爬，就常和老二打架，輸了！趁老二不注意，趴著就咬；廚房本來沒有刀架，掛在流理檯門片內側，她會走路後的某天，拿了鍋鏟打傷老二，嚇到我了！趕緊買了茱刀架，把刀放流理檯上，小時候老二老打輸妹妹，可他也對妹妹有耐心，明明才吵架氣呼呼，三個要出去，老二擔心妹妹太小，就走在後頭跟著。

婚後幾年，養孩子、房貸手頭緊，只一份薪水，沒錢有沒錢的過法，常常帶他們去交大博愛校區，有個大草地，讓他們跑來跑去玩耍，玩累了，福利社買統一麥香紅茶，一人一瓶，三十塊錢打發，然後回家，很快樂啊！孩子要的就是你的陪伴。假日的話，偶爾全家去清大或交大新校區，對騎機車的我光復路那頭的清交大校區有點遠。

女兒十個月左右，大堂嫂認為她老側歪著頭，脖子恐有問題，到固定的小兒科就診，醫生確認有斜頸情況，建議往台北看醫生，推薦陳維昭醫師，要我們去台北婦幼醫院掛號別擠台大。陳維昭醫師是個好醫師，診斷有斜頸狀況，非先天乃後天姿勢不良，不建議開刀，全身麻醉對不滿周歲幼兒的腦子有傷害，以復健為宜，開始了不算短的女兒復健的日子。

每天訓練女兒壓迫的右頸往上抬，每天五至六次，一次十分鐘，用各種玩具吸引女兒目光，試了幾天，小嬰兒某一方向的注意力很難超過十分鐘，怎麼辦？想到了，

每天帶三個孩子出門逛街，讓女兒看商店櫥窗布置，效果應該會比較好；新竹大眾運輸不方便，住家在巷子內，得走幾百公尺出到中正路、武陵路口搭乘市公車，東門市場站下車，開始復健治療的逛街行程。新竹秋後的九降風有名的兇，那是冬天，風聲呼嘯、常下雨，天氣很冷的，女兒揹在背上、左右手各牽一個兒子，搭公車出門，商店、眼鏡行、百貨公司的櫥窗，讓女兒的視線往右上方瞧，還真是有效。

最喜歡在眼鏡行駐足，因為眼鏡行的布置都很不錯又帶些童趣，金飾店、花店也好，總能吸引女兒的目光；走在馬路右側沿途觀看商店布置，女兒就會往右邊抬頭望，避免頭往右肩垂壓造成右頸肌肉僵硬。我家孩子喜歡在外面逛，我是「一兼二顧，摸蜊兼洗褲」，讓孩子逛街又能讓女兒復健治療，每天包括交通時間約在外頭混四小時，不累是騙人的。

那時最喜歡逛新竹中興百貨，中興百貨的櫥窗設計的很棒！一樓面馬路櫥窗和四樓童裝部，那真是用了心思，童裝部用童話故事佈置櫥窗，像是捷克與巨豆，我們停下來觀賞，我就講起童話故事。我或揹或抱女兒，還要留意兩個三歲、五歲的男孩，事先告訴孩子，找不到媽媽就到服務台要求廣播，他們聽過漢聲圖畫書《爸爸不見了》，用圖畫書教孩子逛百貨公司，媽媽不見了要怎麼做。

11月下旬，中興百貨會有漂亮的耶誕節布置，農曆年則是傳統中國年的喜慶風格，放置大量的新一年的生肖

動物布偶生趣盎然，看著櫥窗講故事、介紹顏色、各種動物。小孩子這樣逛下來會累會餓，偶而在麥當勞休息，我們最喜歡的是東門城護城河邊的扶德威速食店，波浪狀的薯條酥脆而不油膩，到如今我們都念念不忘，爆打各速食店薯條。速食店有兒童遊戲區，攀爬架、吊橋等的，兩個兒子玩遊樂設施，我抱著女兒看他倆，留意有無狀況發生。

每天出門花費高昂？沒的事兒，哪來那麼多錢！來回公車票十六塊錢，幼兒免票；一杯小杯熱紅茶加上一份中薯四十塊錢，就這麼打發了。大雨天不出門，計程車太貴，想起未出嫁給爸媽養那時候，懶得等車，手一招叫計程車，哪管它貴不貴！幾個月下來女兒情況漸好轉，也到了寒冷冬天，出門幫兩個兒子穿厚厚暖暖，我要揹女兒只能穿棉T，用小被毯包覆背上的女兒保暖，避免她凍著。

為了讓女兒斜頸好轉，不影響肩膀成三角肩，再冷都得出門，新竹公車少，常得等一段時間，有一天傍晚，我們在新竹牧場麵包店前等公車，15號公車遲遲未到，兩個兒子累得蹲在地上，我轉頭看向新竹牧場麵包店的大片玻璃窗，窗上映著我和孩子的模樣，穿著深色冬衣疲憊不堪的我們四人，突然心很酸，我好想哭，覺得我們像極了大小流浪漢。

曾經報紙上一篇名人寫她因先生外遇離婚的文章，其中有句話，「滿桌子的菜是自己點的……」，意指婚姻是自己選的，得認，和嵐朵一起打拼是我自己選擇的，要勇敢承擔，幸運地，時逢科學園區的成長期，我們很快付

清房貸存了錢，民國82年地方特考錄取，服公職成了上班族，嵐朵說：「我太太產值比我高，自己帶三個小孩，兼顧家務，小女兒能上幼稚園，她就開始上班。」聽起來頗樂呵！

　　老大可以上幼稚園了，第一次就讀，想著大空間可以蹦蹦跳跳快樂的玩就行，孩子學什麼可以自己教，哪知老師沒耐心，會責罵小孩，才兩個月，兒子對上學充滿抗拒，只好放棄不讀了；到了讀大班年紀，四處比較幼稚園，孩子自己選了一所喜歡的幼稚園（喬立），離家也近，後來兩個小的也讀同一所。老二較害羞內向，小班就送去幼稚園，待半天讓他和小朋友互動，哪知道每天上娃娃車就哭鬧著不上車，得隨車老師拉、我在後邊推著他上車。每學期第一個月就待在老師講台旁邊，童言童語的他曾很認真的告訴我：「喜歡某某同學要娶她。」堅持我得告訴老師。

　　女兒兩歲多時，天天看哥哥上學也要去，其實是沒玩伴，咋辦？問幼稚園收不收？園長回：「得能說要上洗手間。」先試讀幾天，她每天高興地和老二上學，就兩個小時左右的半天班，學校肯收就讓她去，誰想到老二就此高興地和妹妹一起上學，不哭了！記得那年過年回娘家，我一百零五歲的阿公這麼問我：「兩歲多的囝仔就去上學，唸到何時啊？」

　　「養兒方知父母恩」，養育孩子真的得花許多心力，這時候才明白爸爸媽媽的不容易。每個人養小孩的方式不一樣，遇到的情況也不同，對孩子父母有責任，孩子

是父母的功課，這門功課很複雜難學，和人交流、讀書，
還得自己體會。

12

憶兒時（三）

　　我喜歡揹孩子，和孩子貼的很近，特別愛用媽媽做的傳統布背巾；做家事，孩子揹背上很方便，不做家事，將孩子揹前面，可以和孩子說話、逗弄孩子，孩子可以聽我的心跳聲。煮飯時爲了顧得著，只有老大一個孩子時，搬張高腳寶寶椅放在斜後方，讓他看我做飯，三不五時回頭給他小零嘴，跟他說話；有了老二、老三的那會兒，就把小的揹在背上做飯，避免大的孩子不知道輕重弄哭、弄疼了小的孩子。

　　我不餵孩子吃飯，十個月左右，讓他們坐在寶寶椅和我們同餐桌吃飯，孩子自己動手拿湯匙，慢慢學會拿筷子，訓練小肌肉運動與靈活度，不該剝奪他們的練習機會；當然，滿地上的飯粒和菜屑，清理就好了。不喜歡百貨公司賣的兒童副食品，自己做的新鮮，但孩子不捧場，我自己試吃了，也不愛，就讓孩子和我們吃一樣的，飯煮軟些，蒸蛋、絞肉、豆腐都挺適合，用小湯匙挖蘋果泥，鮮甜多汁。

　　大學畢業後沒上班也沒啥事，到堂嫂的裁縫班學做

衣服，孩子小時幫他們做了些衣服，一來省錢，二來是棉質卡通圖案布料，很適合小孩子。後來上班了，就沒再幫他們做衣服，前些年想幫女兒的布娃娃做衣服，可視力差也有點懶，就嘴巴說說，至今沒動手，女兒常問我衣服呢？我媽媽很會做衣服、做工很細，沒結婚前，媽媽幫我做很多衣服，有時候也請裁縫師的朋友做，媽媽說「女孩年輕時要穿得漂亮，等你當了媽啊！帶孩子就只能隨便穿了」，實話啊！媽媽也幫我女兒做衣服。孩子上學前我穿得很「休閒」，實則是隨便，一是手頭緊，一是帶孩子方便。

　　孩子好奇探索環境是自然的，放手讓他們嘗試也是必須的，但危險性高的就得禁止，然而還是可能發生，最糟的就是「玩火」，老二頗有「實驗」精神，幼稚園大班、小一期間，搞出大麻煩。還住在舊家，三個孩子躲在三樓樓梯間玩火，燒紗窗、棉花、塑膠袋，老二說：「想試試看不同的東西燒起來會怎樣？」嚴重告誡，可沒聽進去；不多久回娘家，三個孩子在前面院子玩，老二點火柴，點著了，往傳統老穀倉一扔，全跑走了，幾個家人在最南邊屋子談論侄子結婚的事，突然大姪女發現穀倉冒出火苗，直覺是兒子幹的。大夥兒衝出來救火，打電話給消防隊。

　　嚇得我心臟都快跳出來，急得我心裡慌，往火堆喊叫他們的名字，沒有回應，擔心他們爬進穀倉出不來，消防隊迅速滅了火，我們急得四處找孩子，他們也嚇得躲起來，找到後，心上石頭落了，來不及思考，我媽媽就過

來，說了：「這事太危險得處罰，我們不會護著。」媽媽
拿了段塑膠水管給嵐朵，我媽早想好了，要打得夠痛讓孩
子記住，但不能傷了孩子。那真的是狠狠一頓打，我嚇傻
了，忘了先商量三個孩子的處罰程度，女兒現在都還有
怨，說火不是她點的，也是，她才幼稚園中班，主犯、從
犯刑罰該不同，這事情的處理確實少了圓滿。我媽疼孫
子，但她主張孩子要教，不能老是口頭恐嚇，這樣孩子是
不會怕的，嚴重錯誤的懲罰得讓孩子記住不再犯，打只能
是皮肉痛、不能傷筋動骨。

　　這次的火災最對不住二堂嫂，穀倉裡頭有好幾大袋
她曬乾要用的蔬菜乾，嫂嫂也沒說啥話，損失不少，看見
嫂嫂眼角泛著淚。更遺憾的是燒毀了老穀倉，竹子編成骨
架外頭塗上泥土的古董穀倉就沒了，爸爸肯定很難過，也
沒說什麼，忙著和消防隊的人打招呼，請他們包涵，小孩
子玩火不慎，感謝他們來得快，很快控制住火勢，人情世
故我爸爸替我處理了。

13

憶兒時（四）

同一對爸媽養的孩子，他們就是不一樣！一者天性，一者和爸媽互動關係不一樣。三個孩子天性差很多，回想孩子的二、三事：

老大：

滿周歲後回婆家過年，婆婆給他壓歲錢，手上分別有各面額的鈔票，試試小孩子的反應，婆婆這麼說：「拿到的那張鈔票就是他的。」厲害了，兒子直接一手拿千元、五百元紙鈔，另一手拿走其他紙鈔。有其他親友給他紅包，他抽出錢丟掉紅包袋，糗啊！我這媽可沒教他，挺尷尬的，個性應該是天生的，分得出錢和紅包袋不一樣。

月子裡不好帶，睡得少，折騰著娘家一堆人，大伯母說「唐山過台灣五十幾年就沒個法子」，沒滿月我媽媽只得揹他出門或做家事；滿月後不一樣了，只要有人陪就成，不滿周歲就逛了大半個台灣，四個月大去了溪頭，我媽和我都不怕帶小嬰兒出門，我常自己帶老大到台北找阿姨和表姊，揹孩子坐火車，那時出門很不方便，連開水都

得帶，溫水瓶、奶粉、尿布、衣服等等，我媽說的「乞丐過溪行李多」（全部家當都在身上），出門在外，他都蠻乖的。

　　老大牛奶喝得少，醫生說精神、活動力不錯，吃得少沒關係。漸大腸胃不好，常常嘔吐，多在半夜；有回半夜嘔吐，吐在了才幾個月大的老二身上，幫老大換衣服讓他睡；看著老二傻眼了，滿臉滿身的嘔吐物，趕緊擦拭他的臉，長長的眼睫毛很難擦拭，又怕弄醒了，那可慘了！把老二擦拭乾淨，換好衣服，又累又睏的我換洗被子、孩子衣服，折騰了幾個小時。

　　常常帶孩子回娘家，老大很小的時候，媽媽喜歡帶他出門，把他放腳踏車車籃，大了些，媽媽用嬰兒車推他去市場買菜，先到我大舅媽的燒雞攤子，拿兩隻烤雞爪給兒子啃，老大挺乖也可愛，跟著外婆串門子不吵不鬧，回到家兩根雞爪啃得乾乾淨淨。結婚前六、七年常回娘家，帶三個孩子搭火車轉客運，上洗手間比較麻煩，總在下火車前先去，要兩個大的坐好，小的揹著，麻煩隔壁乘客幫忙看著，等客運車時不敢去洗手間，擔心孩子會不見了。

　　親子遊戲：拼圖、釣魚（撲克牌相同顏色數字一對）、大富翁，老大玩大富翁喜歡買不動產，還說借錢可以賺錢，老天爺啊！那次他輸最多，趕緊告訴他「借貸不可超出自己的還款能力」。搬到現在住的家，三個分別是小學一、三、五年級，妹妹還不會騎腳踏車，哥哥去市區各水族館她也要跟，得哥哥載她，據女兒說她是付錢給哥哥的。

老二：

　　月子裡很乖，安靜地睡飽飽，滿月後超黏人，除了我和我大姪女外，幾乎誰抱都哭。我只得隨時拎著他，上個洗手間都得把他放在聽得到我聲音的地方。對爸爸的「銘記印象」少，到了四、五歲，早上起床第一眼若是看到爸爸，就哭得可憐兮兮。老二小時候長得漂亮像女孩，有點多愁善感，看錄影帶劇情悲傷的會難過得流眼淚。他細心會照顧比他小的孩子，小時候怕生，沒辦法像哥哥跟著長輩到處玩，才小班年紀就送幼稚園，看能否活潑些。

　　老二有不少童言童語，才不到五足歲的孩子：

　　（1）我要娶小伊，沒多少時候，告訴我不娶小伊了，因為小伊座位離我太遠了。

　　（2）媽媽，我長大要娶兩個老婆，哇哇！怎麼回答好啊？「你的舅舅們是不是只有一個老婆？鄰居伯伯們也是，對不對？你爸爸也只有媽媽一個老婆，法律上是不能有兩個老婆的喔，那不可以啊！」他認真的思考後告訴我：「那我娶一個老婆，一個女朋友。」

　　老二玩組合玩具是高手，喜歡機器人模型，有些想法只能說「奇特」，小時候會抱孩子到瓦斯爐前，打開瓦斯讓爐子變熱，再拉他們的小手往上感受灼熱感，告訴他們不能玩火，很危險、會受傷，但老二還是玩了幾次，一次釀成火災。小孩子放學回家總是邊走邊玩，去抓蜜蜂被螫了，痛得哀哀叫，問我怎麼辦？我告訴他聽說尿液可以消腫痛，要不要試試？他真的試了，還真的不痛了。小學

三年級，他把玩家裡鑰匙，丟高高就那麼丟到社區門廳橫樑上，上樓梯攀爬橫樑上去撿，返回方向沒得扶，竟然跳下來，三米多的高度耶！問他門廳走道沒人嗎？怎不喊救命？他竟說：「不知道怎麼喊救命！」

老三：

很活潑可愛，可個性有點悍，名字有個「書」字，三個孩子小時候就她會把書翻破，練就我很會黏書。我媽交代要教孩子閩南語，常用閩南語唸故事書；不會刻意要他們識字，女兒倒很小就認得不少字；兩個哥哥上幼稚園，她沒伴，常帶她去麥當勞遊戲場玩，不花什麼錢，一份薯條、一杯紅茶消磨兩、三個小時。其實，我陪伴她的時間相對少，她兩歲半就上幼稚園的小小班，半年後我就上班了，

女兒是爸爸的前世情人，她爸爸常抱她、親她，兩歲吧！有回帶孩子們到交大博愛校區玩，她爸又親她，調皮的她用力咬爸爸的嘴唇，嘴唇破了滲了血，痛得他爸爸眼角有淚想打她，誰承想女兒無辜的看著爸爸說：「心肝寶貝。」他爸爸破涕為笑，沒轍！

她幼稚園大班時，我們去佛州狄士尼樂園過年，先生離開住的小木屋去抽煙，騙女兒說爸爸不見了，想試試她的反應，她平靜地說：「我們趕快回家去分爸爸的財產。」才六歲啊！本以為她會害怕，她的反應出乎意料。女兒上幼稚園表現很好，喜歡上學，大些還會幫忙其他小朋友，她四年幼稚園，老師的學習評語，有一項四年沒變

過，「沒做到總是說話誠實」。有一年幼稚園運動會，有個滾球活動，一位小朋友家長未到，老師拜託她爸爸幫忙，她小嘴嘟得老高，吃醋了！

暑假是職業婦女的頭疼時刻，頭疼要選怎樣的安親班？她升小一那年的安親班，和小朋友打架，兩個哥哥幫她忙，三打一，真糟糕，怎可打群架！只能告誡他們不可打架。開學了，和班上男同學打架，互有小傷，對方耳朵被抓傷，他爸爸打電話來，沒生氣，只是拜託我讓我女兒別欺負他兒子，他只有一個兒子，我趕緊道歉！告誡女兒：「強悍不被欺負好，打架不好。」

養育孩子的過程，「不患寡而患不均」的道理，努力做到公平，自認凡事公平對待孩子，然而孩子的感受是另一回事，他們老覺不公平，兩個兒子覺得爸爸偏愛妹妹，先生也承認，或許這樣，妹妹雖然年紀小些，犯錯得懲罰，免得哥哥更不是滋味，妹妹卻是覺得委屈。一次，嵐朵說世上很難公平，你得讓孩子明白。一語驚醒夢中人，我改變對孩子的說法，世界上難絕對公平，但爸媽在能「量化」的事情上讓它一樣，不能量化、抽象的事情儘量公平。對你們的愛或許模式不一樣，因為互動模式不同，媽媽用你需要的方式愛你，你們得到的都是完整的愛。

對孩子的不同階段，我都是新手，面對新的情況，孩子請包涵，每一件將遇到的事情，媽媽都沒經驗，能否完美處理不知道，惟一可以確定的是，我的作法都是出於對你們的愛，當然是用你們想要的方式（我不了解的話請

明說）。

【第三部】

回眸：三十五週年珊瑚婚

攝影：林見彥

14

回眸：三十五週年珊瑚婚

〈一〉

民國75年在新竹地方法院公證處公證結婚，時間已然來到了民國110年，回首來時，心頭上悶悶的。曾經我期待一場美麗浪漫的婚禮，當然沒有！毋怪我喜歡理查克萊德門的鋼琴曲《夢中的婚禮》，有種難以言喻的哀傷，這兩天女兒好幾位同學因新冠疫情大爆發，無奈取消籌備數月的婚禮，其中一位還是這週將從台北到日月潭涵碧樓舉辦婚禮，那種難過很能體會。

昨晚我倆和三個孩子提前到Eric私廚聚餐，提前過三十五年結婚紀念日，似乎是個必須的儀式，幾乎不怎麼對話，各自看著手機；你開了瓶法國勃根地的白酒，孩子們不喝酒，你我舉杯互祝，我倆謝謝孩子來到我們身邊，雖然父母當得不盡如人意，我們努力了！Eric的廚藝真的沒話說，大家悶著頭用餐，空氣裏頭帶點冰冷；主菜上場——日式和羊，做法和牛排一樣，五分熟帶血，女兒沒好氣，她不吃羊，嫌有羊騷味，帶血的肉我和孩子都不敢吃，只好麻煩服務生請Eric再烤熟點，那羊肉真的毫無

騷味且軟嫩。餐食美味、氣氛冷，不像慶祝結婚紀念日。

　　走過三十五年，加上訂婚一年已是三十六個年頭，五年級生的我，適婚年齡依著社會的既定模式，找對象結婚，選什麼樣的對象？喜歡的？適合的？家世背景好的？很莫名其妙，我首選清華或交大外表中上、聰明的理工科系男生，價值觀、家庭觀相近，最重要的一點是能給對方較大的自由空間，個性、興趣不一定要相同，有交集就行，數學集合中的兩個圓相交部份約四分之一夠了，相互尊重對方的差異、興趣。當時符合條件的就是你，不再是學生，交往以結婚為前提，婚姻需要父母的贊成與祝福，先帶回家讓爸媽看過，爸媽如若沒意見，再繼續。

　　鄉下農家，當女兒帶男生來家裡，幾乎就被認為是婚姻對象，街上走一趟，明天總有一堆人問你的爸媽，鄉下就怕流言蜚語，交大人都很節省，你覺得來我家沒被拒絕，逢假日繼續來我家，雖然路途遠需要轉車，倒可省下不少錢，像是看電影、喝咖啡、吃飯的費用，不到兩個月，我媽受不了鎮上親友詢問，下通牒：如果你有心，那麼請來提親先訂婚，你同意回家告訴你爸媽，你爸媽從未聽過你有女朋友，你的個性剛硬，你的爸媽雖沒否決，心裡肯定不舒服，不到四個月我們訂婚了。

　　我媽希望半年內結婚，你媽想等你研究所畢業，後來你媽更提出研究所畢業後半年再結婚，你不肯，決定公證結婚；你媽終於鬆口同意。如果當時你媽直接表明反對，我倆或許就緣盡於那時，勉強結親對大家沒好處，婚姻是長遠的事兒；我倆結婚這事兒，我家頗受委屈，你家

是小康家庭，覺得我家高攀了，我爸公務員兼獸醫，所得不差，我家還有田產。公證結婚、沒有喜帖，該有的都缺，我期待的婚禮永遠不可能；我從來沒想過我會公證結婚、沒有歸寧宴。感謝爸爸通知在新竹地方法院當庭長的表哥參加婚禮，所以當天公證禮堂只有我們一對新人，不是許多對一起證婚。

對婚姻我很務實，真正進入婚姻，才明白不那麼簡單，婚姻的前五分之一時間，我快樂嗎？誠實地說，並不快樂，婆婆不喜歡我，我媽媽勸我：「妳要感謝妳婆婆生了個兒子給妳當丈夫。」自己帶三個孩子，沒有工作，擔心婚姻能否長長久久？婚前大小姐，啥事都有爸爸媽媽照應，婚後到新竹陌生無親無故的小城市，作家事、帶孩子，支援在遙遠的娘家，一個月有半個月住娘家，仍賴著當爸媽女兒的幸福，節省開銷也不用那麼的孤單無助，雖如此，告訴自己得堅強能獨立照顧好家庭。有時候會向媽媽訴苦，媽媽總這麼對我說「尪自己揀的，該擔輸贏」。媽媽私下會捨不得，但面對我總要我勇敢承擔自己的選擇。

婚前我過著錢來伸手、飯來張口的日子，婚後連生三個孩子，照顧小孩、家務勞動，不掉眼淚很難！記得當小姐時，大伯母常提到哪家女兒嫁出門讓人說閒話，伯母說我們家的女兒，出嫁後別讓人批評不懂規矩，女兒出嫁為人媳婦表現好壞，影響娘家面子，我媽當年也這麼辛苦走來。帶孩子很累，孩子調皮、精力旺盛、睡眠時間不長，三個睡和醒的時間不一，幾乎沒得休息，趁孩子睡覺

做家務或看書；從小不是體弱多病，也不是身體健壯，婚後兩三年，腸胃不好老拉肚子，民國81年底確診甲狀腺功能低下，民國85年心臟出問題，就這麼一波波的身體毛病，我媽媽說：「女人應該堅強承擔輸贏。」與病共舞，釋然就行。

　　三個娃兒說好帶也不盡然，夜裡輪流哭著要喝牛奶，本想來個相應不理，幾天應該就擺平了，誰知道娃兒比我有耐心，低音頻哭個幾小時不累，我卻無法睡覺，投降總可以吧？三個娃兒夜裡不同時間起來喝牛奶，也常半夜嘔吐，床頭旁總放個小塑膠盆，接孩子的嘔吐物，幾年下來，我無法深沉睡眠，一有聲音就醒；有一年老大得了水痘，傳給兩個小的，白天玩得累不鬧，夜裡哭鬧，擔心他們小手身上亂抓，臉上或身體留疤，夜裡警覺著安撫孩子，幾年後我成了睡眠障礙者，直到現在，睡不著是常事，躺在床上期待天亮，天亮了就沒有睡覺的問題。三個孩子小時候常半夜啼哭，哭聲對面鄰居都聽見了，好鄰居都能體諒，哄不了只好「收驚」，真的有效，哪有迷不迷信的問題，孩子夜裡不哭不鬧是硬道理。

　　媽媽說：「先生在外工作辛苦，家務、孩子得自己擔待。」在新竹家裡盡量承擔家務，別吵了嵐朵休息，累了就回娘家讓爹娘養。我喜歡揹小孩，或前或後，不做家事時揹在前面，讓孩子聽著我的心跳聲，我和孩子說話、逗弄孩子；作家事時就揹在後頭，孩子在媽媽背上有安全感，我也不必擔心孩子翻身、或跌或爬。事實卻是孩子常跌跌撞撞受傷，外科診所的常客，三個孩子還比誰傷口縫

的針數多，孩子稚嫩的話語（無言，臉上三條線）。老大一歲多我關廚房門，沒注意夾到他的手指頭，差點斷了，自責粗心，沒發現他在後頭；常騎腳踏車載他在家附近四處逛，當時空軍醫院附近的武陵路、竹光路還很荒涼，白鷺鷥、水牛處處可見，有回他的小腳丫被腳踏車輪夾傷了，那時腳踏車不似今日有防夾腳設計，你自己動手做，隔天一早，驚見車庫的腳踏車被偷了！

陪伴孩子，唸兒歌童謠、讀故事書、看錄影帶，到校園、公園遊玩；訂閱信誼出版的學前教育月刊，購買信誼和其他出版社的育兒書，認真閱讀吸收育兒知識，也和鄰居太太交換育兒經驗，一路走來做得不好，但我努力了！家庭主婦最怕思維限縮在一方窄小的屋子，訂閱數種雜誌，閱讀不同的書籍，充實自己。喜歡買童書，尤其漢聲出版的各年齡層的各類童書，一份薪水養一家五口兼房貸著實不易，你希望我少買，但是漢聲有幾套書還沒買啊！就加入漢聲直銷媽媽，自己買書當業績，半年吧？一者想買的書買得差不多了，二者我真的不是當業務員的料，民國82年4、5月辭職了。

孩子看錄影帶，我幾乎都陪著，教孩子影片要傳達的東西，老二小時候多愁善感，看錄影帶像《雪人》、《螢火蟲之墓》，總會傷心、哭泣，滿臉淚水，女兒只看到她想看的，《螢火蟲之墓》故事很哀傷，她看到是妹妹的無憂，對孩子來說，小時候喜歡有媽媽陪伴，較大了就覺得媽媽很囉嗦，看個電視一大堆意見。孩子是很精明的，電視廣告傳達的「潛訊息」也能發現，民國八十幾

年，社會約束漸漸解除，廣告內容傳達男女關係不一樣了，有個洗髮精廣告，年輕女生促狹地把男生抹了滿頭滿臉盡是泡泡，小學中年級的老二對我說：「他們兩個人同居。」我回問；「為什麼這麼說？」一臉正經答道：「夫妻才不會這樣呢！」我知道他沒說錯，但我說謊回他：「他們新婚沒小孩，所以還像戀愛……」

　　民國82年改編自香港作家亦舒小說的同名電視劇《我的前半生》，江霞主演，看得我膽顫心驚，大學畢業沒工作過，考了兩年高普考沒上榜，婚前你表明孩子得自己帶，所以沒繼續考試，準備當全職主婦；如果我年紀再老些，你另有了喜歡的對象，我這無經濟能力的黃臉婆該如何是好？我的個性悠閒慵懶，喜歡看書、看電影、泡咖啡館、四處遊玩，適合的工作最好是規律上下班，公務員是不錯的選擇，朝八晚五，家裡事情、小孩能兼顧；利用帶孩子、家務空檔讀書，準備公職考試，小女兒才兩歲多，考它個幾年無妨。

　　該年5月去補習班報名，才能知道最新考試資訊，報名永久班（各類課程都喜歡永久會員制，沒有期限，適合我這懶惰蟲）應該很划算，天曉得考幾年？晚上六點半上課，載女兒到補習班樓下等下班的你來接女兒回家，她哭鬧不停，就上了兩次課，只能靠自己看教科書、參考書；兩個兒子分上小一、幼稚園，早上帶女兒到麥當勞，點杯飲料、小份薯條，待個兩小時，她玩裡頭的遊樂設施，我坐著讀書也隨時照看她，一次她摔倒了，嘴巴撕裂傷，帶到中山路郭外科縫傷口。老二對上學很排斥，每每上娃娃

車就哭，女兒則是在家沒玩伴想上學，那時候幼稚園沒有幼幼班，問園長可否寄讀，園長說可以在小班試讀，能適應就可以去上學，上天幫忙，女兒適應良好，快樂去上學，老二竟然上學不哭了。

　　預計考新竹市丙等基層特考，分發新竹市的職務上班，才能兼顧家庭小孩，先生在園區科技公司R&D工作很忙。利用孩子上學、睡著後的時間讀書，孩子頑皮好動狀況多，老大踩到玩具刺傷腳底，沒幾天又撞到端熱湯的我，老二打破裝豆漿的玻璃瓶，腿上多處的皮膚被割破，勤跑外科診所，隔日沒隔週的往診所跑，又忙又累。準備考缺額多的一般行政，報名時才發現新竹市沒開缺，臨時換科別，考戶政或村里幹事？選擇里幹事，政府第一次開放讓女性報考，大學非公共行政學系，一切得靠自己，突然要讀地方自治科目，再買課本、參考書，剩兩個月時間，只有一個名額，全新科目，盡力就是。

　　考前一個星期，蒸饅頭給孩子當點心，冷凍饅頭黏住了，用菜刀切開，天哪！切到手指頭，急忙請鄰居孔太太幫我看孩子，趕緊到郭外科縫合傷口，縫了七針，煩惱來了，考試的時候握筆挺麻煩，考試前一天拆了線，考試時右手食指仍包著紗布，坐在我前面的是一位男士，閒聊幾句，乙等特考及格想轉調回新竹市，沒門路只好選擇考試調回，心這下涼透了，七十多位報考者搶一個缺額，競爭者有乙等考試及格，旁邊有人說賭賭增額錄取，可能嗎？

　　考得好不好不重要，贏過競試者就行，民國82年底

嵐朵朵朵 | 161

放榜，我和乙等特考及格男士錄取，分發日他沒到，我第一名先選缺，另一個缺就是他的。我選擇了新竹市東區區公所，為確認女性能否適任「里幹事」職務，這年各區錄取的五名女性里幹事全下里實任。里幹事歸屬民政，徐課長派我擔任「埔頂聯合里」的里幹事，辦公室不在區公所而在龍山國小旁，課長說：「可讓妳先生順道載妳上班。」開始上班生涯，你恰巧每個月得到北京出差，你擔心我不能適應職場，幾乎每次出差回來，就請我同事吃飯，無非希望同事能幫我忙、照應我。有你幫我做公關，確實發揮了效果。

剛到新竹，我只會騎腳踏車，新竹公車班次少，加上我平衡感很差，安全考量，讓我不需要騎腳踏車穿過危險的高速公路下方，你選擇買高速公路以西的房子。一切事冥冥中自有上天的安排，八年後上班地點恰恰就在高速公路的東側，得騎車穿過高速公路底下，這時候我已經騎摩托車多年，生活會磨練你成為你不曾想過的自己。家住竹市北區，離兩人辦公室都遠，民國83年初訂了離科學園區、辦公室很近的預售屋，三年後搬進社區；家仍是在高速公路以西，離高速公路三分鐘，搬家後一年出頭，工作異動調回區公所，夠諷刺的，總有意想不到的狀況，辦公室又變遠了。

話說從頭，社區是綜合型住宅，一樓店鋪，我妹想開咖啡館，找我合作，想著也行，算投資房地產，徵得你的同意買了一戶店鋪準備開咖啡館，計畫趕不上變化，妹妹的婆婆突然推說不能幫她照顧女兒，妹婿又不肯小孩交

給褓母帶，那咖啡店還開不開？你決定邊裝潢邊找人，咖啡館開了，工讀生和自己搭配，分身乏術，工作、家庭、咖啡館三頭燒，工作異動，得做出選擇。

那時候你的爸爸和我的媽媽隔二十天先後往生，感慨人生重要的事情是什麼？老大將上國中，三個蘿蔔頭得花精神，我想繼續當公務員，你則希望我看顧咖啡館，公務員、咖啡館二擇一，咖啡館就在家樓下，而我內心真正想要的是另一個，孩子小，開店不是好選擇，工讀生老是未事先告知，當班時臨時請假，準備回樓上家煮晚餐就卡住了，只得外買，寒暑假也是問題，買金庸全集讓孩子當讀物消磨時間，咖啡店下午才開門，假日休息，婆婆說：「你這店是雨傘店。」蛤？原來是「開開關關」的意思

而今回想，你對我相當好，家裡經濟寬裕後，你是很慷慨的，你自己算是節省的，對我想要的東西多數沒意見，那間「Tina Coffee」全按照我期望的樣子設計，從小喜歡火車，二樓模型造景，布置德國製的等比例火車、車站、月台、乘客、小屋、樹林，冒著白煙的蒸汽火車行進過山洞；質地輕透的骨瓷咖啡杯、細緻刻花的咖啡匙，高檔音響播放古典音樂，只賣咖啡、茶飲、三明治、起士蛋糕，空間裡瀰漫咖啡香氣，沒有油膩的食物味道。咖啡店開設的時間不對，孩子才小學，三年左右，我的咖啡店關門了。

〈二〉

30※60※70是生命長度的重要數字，二十世紀中葉以前，人類的平均壽命不長，中國人的壽命有幾個個關鍵

點：30※60※70。三十而立，論命三十歲以後父母亡故不算孤剋，三十歲以後的人生路操之在己，當自立自強。我家地方習俗，幫女婿過三十歲生日，應該是種祝福；現在的人晚婚，難有這機會，我倆結婚不超過三十歲，我爸媽依習俗幫你過三十歲生日，我爸去日本旅遊，特別買了件義大利上衣送你。

　　二十世紀中葉以前，人類平均壽命約五、六十歲，活過六十歲不容易，習俗六十歲後往生不算「夭壽」，中國人乃做六十大壽。你爸爸六十歲那年，我建議幫他過生日，我們不算有錢，就全家八個人，你爸媽、弟弟和我們五口，訂了當時高雄頗貴的餐廳「御爐香」，買了隻手錶送你爸爸，訂了鮮奶油蛋糕，不熱鬧但溫馨。我媽媽六十歲那年，我們一家和我的妹妹、弟弟帶爸媽去墾丁旅遊，那是我媽心心念念想去的地方，我爸媽結婚時，爸爸答應我媽帶她到鵝鑾鼻看燈塔，三十幾年未曾實現，我們決定幫我媽圓夢。隔年你媽媽六十歲生日，邀你爸媽同遊墾丁。

　　墾丁是我們最常去的地方，訂婚那年有我的大學同學同遊；之後，有十幾年帶小孩到墾丁度假。第一年老三尚未出生，住宿墾丁青年活動中心，通鋪便宜、那夜浴室熱水供應不穩，像軍人洗戰鬥澡般的簡單了事，小小孩能外頭跑跳就很快樂。我們是幸運的，你進園區工作，經歷園區最好的成長期，女兒出生後，每年帶孩子墾丁度假幾乎都住凱撒飯店，福華飯店住過兩次，墾丁有我們無數身影與回憶，凱撒飯店外的沙灘、墾丁森林遊樂區、鵝鑾鼻

公園、社頂公園、青蛙石風景區、龍磐公園帶著孩子遊玩探索。冬天溫暖的南台灣，很適合親子同遊。

民國81年的冬天墾丁度假，帶孩子逛社頂公園，女兒不到周歲，我說別帶推車，社頂的路高高低低的泥土路又有小石頭不好走，你堅持帶推車可以推女兒，結果，我揹女兒、你扛推車。墾丁適合蹓小孩，空曠的草地、沙灘，他們自在奔跑玩耍。龍磐公園看星星的好地方，一年滿天星斗，特地開車到龍磐看星星，他們年紀太小，空曠黑漆漆的地方，心裡害怕，應和著星星很多，急著要回飯店，我的興奮立刻涼了。

人生七十古來稀，你爸、我媽都沒活過七十，時間來到我爸七十歲，生命長度無法預期，八十歲未知數，我想幫我爸過個熱鬧的七十歲生日，從小大家族生活在一起，按爸爸的意思邀請長輩、平輩、晚輩歡聚一堂，鎮上的海鮮餐廳吃得開心，酒水任意暢飲，最後唱生日快樂歌、吃蛋糕，這次的生日餐會我爸非常高興，最要感謝的是你的支持，低調慷慨支付所有的費用。隔年你媽七十歲，我提醒你幫你媽過生日，長輩嘴上不說，心裡是期待的，告訴你弟弟幫你媽過生日；老家在高雄，所以只邀請苗栗的四叔全家和台北的六叔，選在新竹何家園，寬闊庭園適合小朋友活動，難得的溫馨親人聚會。

你六十三歲就離開了，六十歲生日很簡單，一如往常全家人在飯店吃自助餐，回家吃生日蛋糕，你彈琴、我們唱生日快樂歌；老大、老三上班族，老二還在博士班，沒特別喬時間全家度假，像我倆幫父母過大壽那般慎重，

認真回想，我和孩子都受你照顧與庇蔭，年輕時曾經對你說：「我和孩子的錢都是託你賺的。」你一臉無奈看著我，覺得我怎可如此說！你也真的給了我們衣食無虞。而你沒等到孩子成家立業，沒親眼見到孩子結婚，沒機會抱孫子，或許是你的遺憾，也可能是我的遺憾。轉個念，你比我好，我的六十歲生日糟透了，新冠疫情防疫三級，只能訂餐外帶，準備吃蛋糕時，你休克緊急送進醫院，再也沒有回來，生日之後我倆沒能再見，三天後你永遠離開我們，你我沒有機會擁抱與道別。

〈三〉

　　婚姻裡的相處圍繞在親人之間的關係，父母與子女是重中之重。你在新竹工作，婚後我們定居新竹，問題相對沒那麼嚴重，你爸爸在我們婚後十二年離世，你媽媽在我們家短暫住了幾個月，就到你弟弟家住，你媽媽和你弟弟親，他的孩子小也多，你媽媽可以搭把手；你媽和我緣分淺，所以，她人生最後的十年辛苦了你弟弟夫妻倆，生命總有風雨挑戰，過成什麼樣子純取決於個人選擇，你媽脊椎因骨質疏鬆塌陷開刀三次，因為恐懼，錯失了復健關鍵期，生命最終十年坐著輪椅，一百二十公分的高度看世界，困住她的是行動不便的身體或是身障的心靈？我們幾乎每週去看她，後來我和我妹妹要回娘家看我年邁的爸爸，就你自己常去，我沒那麼頻繁了。感謝你弟弟夫妻倆辛苦照顧她，承受相當大的情緒壓力。

　　孩子是我們一生的功課，我們是生了孩子才學習當父母的，育兒書、親友經驗只能參考無法複製，父母這門

功課我倆學分修得不好。你從小和父母互動少，早年你爸媽負擔重，上老下小還有手足，你爸忙著賺錢，年少和父親相處少，如何學習到一個父親是什麼樣子？你媽沉悶少言，聽你家族長輩說你寡言安靜，回阿嬤家幾乎不說話，只是安靜坐著。剛嫁給你回你家，真不能適應，幾乎不說話的沉悶家庭，而我家是互動頻繁、熱鬧親密的大家族。你做為一個父親是傳統的角色──賺錢養家、盡責嚴格教育孩子，你外表嚴肅不容易親近，孩子也怕你。

你認為第一個孩子教育好，就能是弟弟妹妹的榜樣，你很聰明、功課好，一路名校、好科系，我腦袋還行、學校也不錯，我們的孩子應該不錯？不一定虎父虎子，我們孩子的功課中上，有一段時間你沒辦法接受，和兩個兒子關係非常緊張；你的家族男多女少，你家就兩兄弟，我們意外生了老三，是女兒，你說是向媽祖娘娘求來的，你很高興，非常疼她，兒子說你偏心，你不否認，女兒好強，功課比哥哥好；你很厲害卻無法教孩子功課，你不能理解很簡單為何不會？只好請家教，父子關係緊張，距離就更遠了。其實，你很愛他們，你在你的能力範圍內為孩子規劃，你並不奢侈，唯一對自己最好的一件事就是買了Lexus SC430〈慾望之最〉的那款跑車，當時你為了讓我同意，答應我隨時專車接送，就這樣有兩、三年，每星期日我紫微斗數下課，你到台北接我，一起吃晚餐，高檔餐廳、夜市小吃有我們許多足跡；那輛車是你的小三，為了省保費，掛在我名下（承認接受小三的人，哈！）。

孩子的青春叛逆期，我們都很辛苦，你、我、孩

子，我們在其間碰撞，各有各的人生課題，這期間你還有職場問題，不容易啊！我努力和你溝通、轉變想法、調整心態，明白孩子和我們不同，接受理解孩子的狀況；那段日子我上了不少親子課程，閱讀心理諮商、輔導的書，你笑我讀了那麼多也無能為力！你的不理解讓我很挫折，我告訴你，心理諮商第一守則，「利害關係人不能成為諮商者」，因為關心則亂。始終堅持相信孩子會明白我們愛他們，我們永遠在旁邊讓他們依靠，你從孩子小時候就幫他們規劃，期望他們有好的立足點，孩子大了，會明白你為他們做的一切，磕磕絆絆的親子路是學習與自省的過程，我們努力了。

　　你退休後的十年，我們相處的另一個階段，男人退休是婚姻的大考驗，整天在一個屋簷下，在一起時間多了許多，想法、作為落差被突顯了，不愉快、不順眼的地方多了些，兩個年過半百的人積習已深，調適的難度很大。五十二、三歲退休對男人是早了點，你有自己的興趣，卻是我不愉快的點，你一早起床就坐在電腦前，打網路橋牌、瀏覽臉書、Line、Wechat等社群平台，中午橋牌空檔半小時用餐，早吃、晚吃都有意見，把啤酒當開水喝，打牌、喝酒沒關係，至少動一動吧！你喝太多啤酒又動得少，民國103年得了糖尿病，血糖指數飆到快500，你終於嚇到了，少喝酒 、天天量血糖、吃藥，三個月後情況控制了，你記錄每天的飲食、血糖，還做成曲線圖，為的是說服醫生喝酒和糖尿病無關，然後繼續喝酒。

　　你退休兩、三年後，決定不再幫你準備早餐，讓你

自己做；晚上該由你向菩薩、祖先頂禮上香，你不上班了，讓你做這點事，合理吧？你覺得我不像以前對你好，我笑著回你：「退休的男人就像一件丟不掉的大型垃圾。」你被伺候慣了，心裡不能適應。有很多時間我們可以出遊，結果仍像以往我最重要，可是為了橋牌、打球請我讓一讓，你幾乎整天打網路橋牌，我想出去玩，約莫下午兩點出門到附近鄉鎮逛，四點半左右就準備回家，除非我們往中南部去，漸漸沒了興致，各自做自己喜歡的事，偶爾我們到外地旅遊過夜。

雖說最後幾年我倆對一些事意見不一而不愉快，你還是對我好的，2017年實施一例一休後，我看戲太晚沒車回新竹，你會開車來台北接我；2019年初被垃圾車撞了，你送我去醫院換藥，車禍腳傷拖了幾個月，那時有幾場早已購票的國家劇院的戲要看，你接送我看戲，我看戲時你自己找地方逛，心裡暖暖的，再也沒有專屬司機接送我了。2019年10月我爸爸往生了，我難過掉淚你摟著我，你幾乎天天載我回二林招呼來弔唁的親友，你對我爸媽很有心，我明白，謝謝你。

你媽媽行動不便，坐了輪椅，你已退休，我們常常去台中看望，你常說；「我不是孝子，也不是不孝子。」你是有心的，你和你媽不親近、沒什麼話題可聊，多是我和她說話，你不是看電視就是彈琴；幾年後，我爸狀況也不怎麼好，我們分頭探望兩位老人家，我個把個月會去探望你媽媽，我不要求你陪我看望我爸，除了生日或年節，你常跑台中又有自己的活動，你應該是疲累的。我少去之

後媳婦不在場，你們母子可以有較多話說，她知道你關心她，這是好事，親情關係的修補；後來你媽表達能力變差，說話聲音變得小聲且不清楚，你們相處的畫面是，你彈鋼琴、她在旁邊靜靜地聽，她是歡喜的，你爸爸是音樂老師，鋼琴聲對她有特別意義吧！

　　退休怕的是準備的錢不夠，那些年你手上的股票價格低，你難免有所擔心焦慮，你變得節省，你省的是自己，倒不管我看戲、國內外旅遊，你陪了我幾趟遠遊，蘇杭、北京、絲路、金廈、京都、北歐、美國留下足跡，雖然京都、北歐為了買紀念品有點拌嘴，你認為初老年紀應該過減法生活，大致上還是愉快的。明知道你是為我和孩子設想，有些事情卻讓我跟著焦慮，不免抱怨，細細回想你對我的抱怨少，對我大聲的次數有限，那是你退休後幾年的事，你覺得我把你當笨蛋，退休男人沒了戰場，被當笨蛋看當然會生氣，乃「孰可忍孰不可忍」！

　　三十幾年倏忽過去，你離開了，我能做的就是把你放在心裡，緣分有時奈何天，謝謝你來到我的身邊，關愛、照顧我，互為知己與相伴，感謝美好的遇見，別為我牽掛，你我天上人間，兩下相安。

跋一
生死離別是人生艱難的課題

　　活過一甲子，經歷了不少親戚朋友往生，生命中重要的人離去，對任何一個人都是很大的悲慟和考驗，父母、配偶的離去，是生命不能承受之重，若是白髮人送黑髮人，那更是令人心碎。如何面對生死離別、走過生命幽谷？真是艱難的課題，雖說時間是最好的藥，偶而回望，心上仍隱隱作痛。

　　民國55（1966）年，我五足歲，第一次看見死亡，那是我阿嬤往生，停靈在正廳，我看著阿嬤不會害怕，知道甚麼是死亡，傳統習俗是一年內的初一、十五要拜飯，大伯母在正廳拜飯，哭泣喊著婆婆，我上去拉著他的手肘說：「阿姆，阿嬤死了，不會回來了，哭也沒有用，妳不要哭了。」生長在一個龐大家族，沒幾年就面對長輩往生，死亡是人世之常，生死離別是人生艱難的功課，特別是生命裡重要的人，情緒需要撫慰和釋放。

　　大伯父在民國72（1983年7月）年車禍意外過世，那是第一次讓我情感波動，他非常疼愛我，是我複雜社會人性面的導師，手把手的教我如何評斷人、事、物，在我的

提問與回答間，大伯父做出評斷或教誨。我少社會歷練，卻對人性能有一定的理解，皆歸功於大伯父。民國87（1998年8月），我母親癌逝，媽媽才六十四歲，難以言喻的傷心難過，媽媽和女兒是極親近的血緣，媽媽對我疼愛且縱容我的任性，她用俗諺教我人與人相處的道理與智慧，往後的日子遇到事情，總以媽媽的行事方式來做，要自己勇敢往前。民國108（2019年10月），爸爸高齡因器官退化也走了，傷心他一生憑良心做事沒怎麼享福，他孝順父母、關愛子女、照顧親人，幫助不認識的人，他說：「我不是笨蛋，我只求對得起我的良心。」

　　民國110（2011）年，嵐朵因膽囊炎引發敗血症往生，當下我沒了伴侶，我能接受他死亡的事實；伴侶離世，對未亡人是很大的考驗，常理，一生相伴自己最久的是配偶，朝夕相處幾十年，生活調適或許容易，感情傷慟的撫慰沒那麼簡單；熟悉和習慣對方在身邊，失去之後方才明白曾經的扶持與陪伴，感情的深厚。配偶離開後，各個人有不同的應對方式，有人無法承受孤單，急著找個新伴侶，特別是被照顧得很好、有點歲數的男人，尋找肩膀偎靠、打理生活，沒有仔細了解對方，所擇非人就成了悲劇，給自己一些時間沉澱感情，心靈安頓好再跨出步伐。

　　恩愛夫妻鶼鰈情深，奈何孤雁哀鳴，難以白首偕老，回憶曾經的點點滴滴是人情之常，何況也不想遺忘！有人將伴侶骨灰放在家中，朝夕相伴，對著所愛喃喃低語，無盡的愛與思念包圍自己，是怎樣的深情？獨自品嚐箇中酸楚，封閉自己、沉浸在自己的情緒裡，會不會鬱鬱

寡歡而憂鬱成疾？有的是久病成疾，長久照顧、疲憊，對方的離世對雙方都是解脫，不是不愛，而是太累了，從境中抽離之後將是另一種樣貌。

　　嵐朵和我的相處，各自有很大空間，他退休前多是枕邊夜話，忙了一天，臨睡前閒聊家庭、工作、園區、政治、宗教；他退休後，兩人都在家，他專注網路橋牌、社群，我看戲、讀書、寫文章，互動時間和以前差不多，習慣的相處模式。我獨立自主，遇事能決定，因爲有他的依靠總能安心；嵐朵走後，同樣做決定卻是不那麼安心，少了他在背後當依靠吧！有雙方親友的關懷陪伴，眞正走出生死離別的哀傷還是得靠自己，自渡得渡。三十幾年的共同生活，他是我生活中的一部分，聽著嵐朵以前常彈奏的蕭邦夜曲、理查克萊德門的鋼琴曲，一種熟悉感讓心安住，做一些感謝與懷念嵐朵的事，最艱難的時刻已走過。

跋二
餘韻

　　可能是骨子裡的基因做祟，一陣子就想搬家，現在的房子是預售屋，蓋了三年，住了七、八年後又**蠢蠢欲動**的想搬家，此時房價已高，嵐朵不願意，他說年過半百不想揹房貸，太累了！我還是想搬家，沒幾年嵐朵退休了，搬家無望，就動起重新裝潢的念頭，之前住在裡頭的裝潢施工經驗，讓他很排斥，他不要住工地。去年他往生了，搬家的念頭全沒了，搬家後的那個家，不會有嵐朵生活過的任何痕跡。

　　二十幾年的房子，需要大幅度整理，年初向嵐朵擲筊要重新裝潢，一擲就是聖杯，希望趕得及嵐朵紀念盃橋牌賽前完工，橋賽結束後，橋友請到家裏聚會；傳統習俗要「對年」後才能動工，心想都擲出聖杯了，應該沒問題，哪想得到有各種狀況，開工時已過了嵐朵對年，冥冥之中吧！怎麼裝潢？我不想全室拆除更新，想留下一些嵐朵曾經生活在裡頭的痕跡，我將裝潢理念定位爲《傳承》。

　　《傳承》連接過去與未來，我家房子是兩戶打通，

主要出入都從之3，之3玄關不動，傳承的意象，保留過去嵐朵和我們共同生活的部分空間；之2以前僅簡單裝潢，兩個兒子住這邊，爲創新的概念，之3、之2間的過道拉門意味著承先啓後，兩邊有不同風格與意象。以蝴蝶作爲主意象，蝴蝶是中國傳統建築常用的吉祥圖案，蝴蝶，蝴音似福，蝶與疊同音，蝴蝶喻層疊的福氣；最知名的蝴蝶是莊周夢裡的蝴蝶，莊周夢蝶滿是哲學思維；梁山伯祝英台化蝶雙飛的淒美故事，因而蝴蝶象徵至死不渝的愛情；蝴蝶是毛毛蟲蛻變的華麗轉身，人生不該也是如此，一個蛻變的過程。

蝴蝶意象是經過轉折的，嵐朵離開塵世，我初始想的是時間軸連接過去和未來，過道拉門用日月星辰組成圖案，星星、月亮、太陽的更迭，白天黑夜與月亮陰晴圓缺比喻世事隨時間推移而變化；設計照片牆，從開始建立我們的家到未來，不同時間的照片，貫穿過去、現在、未來。原先找的設計公司未能契合我的想法，出圖時間又多有拖延，四月底決定另找設計公司；新的裝潢公司，不同的想法出現，設計風格不同，決定用蝴蝶作主意象。

設計照片牆，放上具代表性的一些照片，讓家裡成員——特別是未來加入的成員有機會認識這個家，照片將涵蓋過去→現在→未來，傳承延續的概念，照片牆之外，如何更多表達我們對曾是一家之主的嵐朵的懷念？房門門片設計和他有關的圖案，鋼琴、橋牌是嵐朵的最愛之一，選擇其中一個做爲房門門片的圖案，鋼琴鍵盤太複雜，討論後決定用撲克牌四個花色圖案來設計房門門片。

　　嵐朵，你我沒有告別，我想知道你是否此生無憾？你已走遠，我仍緊抓不放，今生我們塵緣已了，那我執著什麼？不想忘卻，希望能傳承你對我們的關愛，如此而已。故事會結束，思憶會永遠，故事的結束是回憶的開始。

國家圖書館出版品預行編目資料

嵐朵朵：故事的結束是回憶的開始 / 林星妍著. -- 初版. -- 新
北市：華夏出版有限公司, 2023.09
　　面；　　公分. --（Sunny文庫；322）
ISBN 978-626-7296-59-2（平裝）

863.55　　　　　　　　　　　　　　　112010784

Sunny 文庫322

嵐朵朵：故事的結束是回憶的開始

作　　者　林星妍
攝　　影　林見彥
插圖設計　翁訢慈
印　　刷　百通科技股份有限公司
　　　　　電話：02-86926066　傳眞：02-86926016
出　　版　華夏出版有限公司
　　　　　220 新北市板橋區縣民大道 3 段 93 巷 30 弄 25 號 1 樓
　　　　　電話：02-32343788　傳眞：02-22234544
E - m a i l　pftwsdom@ms7.hinet.net
總 經 銷　貿騰發賣股份有限公司
　　　　　新北市 235 中和區立德街 136 號 6 樓
　　　　　電話：02-82275988　傳眞：02-82275989
　　　　　網址：www.namode.com
版　　次　2023年9月初版一刷
定　　價　新台幣 300 元　　（缺頁或破損的書，請寄回更換）

ISBN-13：978-626-7296-59-2